克·勒·门
文·丛

我和译制配音的艺术缘

从不曾忘记的往事

刘广宁◎著

生活·讀書·新知 三联书店

图书在版编目(CIP)数据

我和译制配音的艺术缘:从不曾忘记的往事/刘广宁著.—北京:生活·读书·新知三联书店,2017.1
(克勒门文丛)
ISBN 978-7-108-05842-3

Ⅰ.①我… Ⅱ.①刘… Ⅲ.①散文集—中国—当代 Ⅳ.①I267

中国版本图书馆CIP数据核字(2016)第263421号

责任编辑 麻俊生
封面设计 储 平
责任印制 黄雪明
出版发行 生活·讀書·新知 三联书店
(北京市东城区美术馆东街22号)
邮 编 100010
印 刷 上海丽佳制版印刷有限公司
排 版 南京前锦排版服务有限公司
版 次 2017年1月第1版
2017年1月第1次印刷
开 本 880毫米×1230毫米 1/32 印张 9.625
字 数 180千字
印 数 0,001—8,000册
定 价 39.80元

序 | 将“克勒”进行到底！

陈　钢

“克勒”曾经是上海的一个符号，或许它是 class（阶层）、color（色彩）和 club（会所）的“混搭”，但在加上一个“老”字后，却又似乎多了一层特殊的“身份认证”。因为，一提到“老克勒”，人们就会想到当年的那些崇尚高雅、时尚、精致、多元的审美情趣和生活方式的“上海绅士”们。而今，“老克勒”们虽已渐渐老去与逝去，但“克勒精神”却以各种新的方式传承开发，结出新果。

沙龙是精英文化的雅聚，不同的文化在这里可以自由地陈述、交流、碰撞和提升。沙龙也是城市文化的发动机，我们开动了这架发动机，就可能多开掘和发现一些海上宝藏和文化新苗。

上海是中国城市文化的摇篮，是中国第一部电影、第一所音乐学院和诸多“第一”的诞生地。今天，当人们情不自禁地为这座曾经辉煌的文化大都会自豪时，也不免为那一朵朵昔日的文化奇葩的日渐萎谢而叹惜。为此，梳理其文脉，追寻其神韵，同时将“老克勒”所代表的都会文化接力棒传承给“大克勒”“中克勒”“小克勒”们，理应成为我们这些“海上赤子”

的文化指向和历史天职。于是,“克勒门”应运而生了!

“克勒门”是一扇文化之门、梦幻之门和上海之门。打开这扇门,我们就能见到一座有着丰富宝藏的文化金山。三年前,我与“上海Lady”程乃珊在上海马勒别墅举牌立门,将那时的文人雅聚命名为“克勒门”,继而移师于上海国际贵都大饭店的“贵都大剧院”,建立了一个更大的社交平台,而这两处的大管家正好都是总经理嵇东明。于是,我们俩与上海电视台艺术人文频道的女主播阎华,在共同的文化默契中联手形成了“克勒门”的“三套马车”——我和阎华负责创意策划(“视觉”“听觉”“感觉”),而嵇总则负责环境香氛与英国下午茶点(“嗅觉”“味觉”),这样,一场五“觉”俱全、全方位享受的文化盛宴就“开张”了!

“克勒门”里才俊多,朋友多。这里有作家、诗人、画家、音乐家、演员、记者和主持人,有影迷、发烧友和爱好文化的企业家,还有来自四面八方的朋友。有位研读历史的北大才女,每逢“克勒门”活动时都会特地从北京飞来,她常引用钱锺书先生的话:“上海属于未来!”她在微博上写道:“克勒门的成功首先是因为这三人组合很‘纯粹’。纯粹(pure)和单纯(simple)还不完全一样,单纯是一种客观的状态,而纯粹,是知晓世事复杂之后依然坚守自己的主观选择。”因为纯粹,我们无所羁绊;因为纯粹,我们才能感动更多“同门人”。在“克勒门”成立一周年之际,我们就是在这些“同门人”的支持下,成功举办了一场跨国跨界的大型音画音乐会“克勒门之夜——看见音乐,听到色彩”,由七十八岁的法国画家艾科诺莫斯和中国青年钢琴家宋思衡合作,根据宋思衡弹奏的音乐的起伏和意境，艾科诺莫斯现场创作了一幅独一无二的巨型图画，为现场的来宾奉献了一场精彩无比的视听盛宴。

“克勒门”里情调多，追忆多，美梦更是多！我们，曾以“梦”为题，一连推出了十二个梦。“华梦”“诗梦”“云梦”“戏梦”……从“老克勒的前世今生”到“上海名媛与旗袍”，从海派京剧到好莱坞电影，从小口琴到“大王开”……在“寻梦”中，我们请来作家白先勇畅谈他的“上海梦”，并通过“尹雪艳总是不老”来阐明“上海永远不老”的主旨。当然，上海的“不老”是要通过文化的传承和发展来实现的。于是，我们紧接着又将目光指向年轻人、指向未来，举行了“青梦——小克勒的音乐会”。由三位出自上海、享有国际声誉的钢琴家和小提琴家宋思衡、黄蒙拉和薛颖佳，回顾他们在青春路上的种种机遇、奋进和梦幻。

“克勒门”里故事多，奇迹多，画面更是多！还记得当“百乐门”的最后一位女爵士乐手，八十八岁的俞敏昭被颤颤巍巍地扶上舞台，在钢琴上弹起《玫瑰玫瑰我爱你》时顿时青春焕发的动人情景吗？还记得“老鸿翔”小开金先生在台上亲自示范，为爱妻丈量旗袍的三十六个点的温馨场面吗？当见到白先勇在“克勒门”舞台上巧遇年少时的“南模”同窗，惊讶地张大眼睛，“孙悟空之父”严定宪当场手画孙悟空，以及“芭蕾女神”谭元元在“克勒门之家”里闻乐起舞，从室内跳到天台的精彩画面时，你一定会觉得胜似堕入梦中。当听到周庄的民间艺人由衷地用分节长歌来歌颂画家陈逸飞，九旬老人饶平如在琴上奏出亡妻最爱听的《魂断蓝桥》，特别是当配音艺术家曹雷在朗诵她用心写给英格兰·褒曼、也是写给自己的那首短诗时，你一定会有别样的感动！还有，作家程乃珊的丈夫严尔纯在笑谈邬达克精心设计的“绿房子”时所流溢的得意之心，秦怡老师在“王开照相馆”会场外意外发现亲人金焰和好友刘琼照片时所面露的惊喜之情，都会给我们带来一片片难忘的历史的斑痕和一阵阵永不散落的芳香。

梦是现实的奇异幻境，可它又会化为朵朵彩云，洒下阵阵细雨，永远留在人世间。龙应台说，文化是应该能逗留的。为了留下这些美丽的“梦之花”，我们和生活·读书·新知三联书店共同筹划出版了这套“克勒门文丛”，将克勒门所呈现的梦，一个一个地记录下来。

其实，在1920年代，上海就有了译制片的前身，那就是由美国生产商专为上海“大光明大戏院”特制的“译意风”。“大光明”当时曾自豪地宣称：“大光明大戏院为全世界第一家采用‘译意风’者。”曾在“大光明”担任过“译意风小姐”的卢燕女士回忆道：“我翻译时尽可能融入角色中，有感情地说话。男的模仿男的说话，女的模仿女的说话，生气是生气，甜蜜是甜蜜，这好比是我一个人的独角戏。”

三十年河东，三十年河西，民国时代的“译意风”随时而逝，代替它的则是后起的“上海电影译制厂”。这个小小的“上译厂”诞生在1957年，可却在电影文化一片荒芜的“文革”中悄然鹊起，乃至到了1980年代，更是一花独放，成为上海电影界的一道独特的风景和中国开放的一扇透亮的窗口。刹那间，“佐罗”来了，“简·爱”来了，那些“洋贵人”“洋牧师”“洋少爷”“洋小姐”们都来了，而且是有说有笑地、有吹有唱地，说起流利的中国话来了……想一想当时的那一番景象吧！人们就像是突然从一个封闭的黑屋中窥见了从窗外投射进来的一派春光，它是那么新鲜，那么灿烂，那么诱人，那么令人向往。它告诉我们，外面的世界很丰富，外面的世界很精彩！这批“从天而降”的译制片是一道与当时“中国画面”格格不入的风景线，它看似是“阴差阳错”，但实质上却是一种历史的必然。因为，人性与爱是一道关不住的春光，特别是当人们渴望着久违的阳光雨露滋润自己枯萎的心灵和期待着被泯灭的人性复苏时，它会一下子射进灵魂的黑洞，打开人们心中的另一个世界。

“上译厂”是一个“奇葩”，它奇在虽然身处“拒洋排外”的当年，却能将那些“讲中国话的外国人”的声影传播到全国各地，它更奇在竟然可以将一间十五六平方米的旧汽车棚当作放映间，将墙壁刷白加上木框后变成“银幕”，同时又在大楼的楼顶用麻布片包稻草充作隔音墙，改装成录音棚，并在其中安装了一台放映机和一台苏制光学录音机。要知道，“上译厂”就是这样“因陋就简”“土法上马”地创造出一个个奇迹和一片片辉煌的。

“上译人”也是一个“奇葩”，它奇在这些演员既非当年那些英语流利的“译意风小姐”和“译意风先生”，亦非留学归来的海外学子，可是为什么他们能用不同的声音塑造出不同的银幕形象，而且听起来甚至比外国人还洋气呢？我想，答案只有一个，那就是因为他们的心中充满了爱，他们血液里深藏着那些人类共有的尊严与理想；他们希望世界了解中国，也更希望中国融入世界。

“邱岳峰似乎比罗切斯特还要罗切斯特，比卓别林更要卓别林”，这是陈丹青在美国看了《简·爱》和《凡尔杜先生》后对邱岳峰的评价。他还说邱岳峰“以再也标准不过的普通话为我们塑造了整个西方”。不是吗？邱岳峰与罗切斯特“原版”演员斯科特的声音几乎一样，但比起干、粗、硬、直的“原音”来说，邱岳峰的声音就显得更为丰满，更有韵味，更有魅力，更像剧中人！

一派洋气，一派贵气，这就是上译厂的“厂气”！“公主”刘广宁，民国著名外交官的后代，九岁时就能看《镜花缘》，她的一口纯正的普通话熏陶于出生并自幼生活在北京的奶奶。刘广宁的奶奶——曾经的公使夫人，出生于清末官宦大家，知书达理。虽是小脚，却能在高跟鞋中塞入棉花，在欧洲的外交场合跳探戈，而每当一场舞跳下来回到家脱鞋时，脚都在颤抖——从小脚到跳探戈，或可视为从中国式大家闺秀到国际化贵族的华丽转身。但是，从小浸淫于中国传统文化氛围里的奶奶后来不仅能为文史馆编写史料，而且还会用法语对话交流，完成这样的“转身”需要多少的磨炼、多大的勇气啊！刘广宁和奶奶同样地要强，也同样地完成了这个“转身”。我们在《魂断蓝桥》《叶塞尼亚》《生死恋》中听到了她纯情和悲情的声音，我们也听到了人们对刘广宁的爱称：“奥杰塔公主殿下。”

曹雷也是位“公主”，她是大学者曹聚仁之女，在半个世纪前，她在上海戏剧学院没毕业就被上影厂借去扮演《金沙江畔》的女主角珠玛公主，而她所饰演的《年青的一代》中的林岚，又曾点燃了多少年轻人的青春火焰！可是，就在她攀高登峰之时，竟然不幸被癌症击中——但是，她没有被击倒。终于，她在上译厂找到了第二次生命——找到了《非凡的艾玛》，找到了《爱德华大夫》，也找到了《战争与和平》。诚如苏秀大姐所言：“人活一辈子，她活两辈子。”

至于“王子”，当然是非童自荣莫属了。一则是因为他配了《水晶鞋与玫瑰花》中的王子，二则是因为当年上译厂的传达室信箱里，数他的粉丝来信最多，他可谓是人们心中的白马王子。其实，“小童”在生活里只是个腼腆寡言的书生，可一到配音时，他就会“热血沸腾，心跳加快”。因为，他从早到晚就生活在自己的角色中。在他的心中，只有佐罗，只有黑郁金香，只有高贵，只有俊美！

克勒门在译制片专场“黄金年代快乐时光”中聚焦了上述三位上译厂的“王子”与“公主”，但我们更想追溯回忆的是令人肃然起敬的“王爷”——陈叙一和他所率领的黄金班子，邱岳峰、毕克、尚华、李梓、于鼎、富润生……当然，还有“建厂元勋”赵慎之和七十五岁开始学电脑的“佘太君”苏秀大姐。我们要向他们脱帽致敬，我们要真心向他们学习。因为，他们不是“译意风”，而是创造者；他们不仅有着美丽的声音，更是有着一颗高贵的心；他们是和世界名著、名流生活在一起的世界公民，他们也是比外国人演得更像剧中人的中国明星！

这里我们要推出的两本书是“克勒门文丛”中的“译制片母子行”，其中有刘广宁的《我和译制配音的艺术缘——从不曾忘记的往事》和她的长子潘争所著的《棚内棚外——上海电影译制厂的辉煌与悲怆》。著名配音艺术家刘广宁，回忆平实而生动，丝毫没有她在电影配音中的那种清润甜美的“公主语态”;她的笔触真实、朴素,充满着从容不迫、不动声色的大家风范。在书中,她只字未提自己显赫的家世,却是如数家珍般地细心摄录下一个个跃动在她记忆深处中的老友、同事的真实镜头,描绘了老一代配音艺术家一辈子隐匿在银幕背后默默奉献的神采风貌。在刘广宁的艺术足迹中,对她来说最为重要的地方就是她须臾不离的配音间,而那最令观众所念念不忘的,则是她所创造的诸多难忘的“语言形象”,那些在《魂断蓝桥》《叶塞尼亚》《绝唱》《生死恋》《苔丝》和《尼罗河上的惨案》中传播出来的中国好声音!

青年才俊潘争是从小在上译厂里长大的“译二代”,他大学时期的作曲课老师是我在1960年代的学生、上海电影制片厂作曲家徐景新。潘争目前是从事数据分析和市场研究行业的企业家,同时他还是中国市场研究协会副会长、上海市信息服务业行业协会监事长、上海工程技术大学硕士生导师,以及上海市侨联青年总会常务理事。毕业于上海戏剧学院导演系的他,不仅是著名配音艺术家刘广宁的孩子,也是诸多“配音叔叔”和“配音阿姨”们的孩子。他在书中用当年孩子的眼睛,回顾了那个年代“录音棚”内外发生的事件和那些光鲜角色背后的叔叔阿姨们鲜为人知的动人故事,读起来特别独特,特别光鲜,特别栩栩如生。他不仅写了“木工间里的莱蒙托夫”邱岳峰,写了“横空出世的大小姐”刘广宁,还写了万航渡路上的灿烂群星。在书中,他不仅是一个“他者”,更是一个曾经出入于配音间的当事者和见证人,上译厂的前世今生在他的血脉中缓缓流过……

“克勒”是一种气度、一种格调,更是一种精神、一种文化。让我们一起走进“克勒门”和“克勒门文丛”，寻找上海，发现上海，书写上海，歌唱上海，让我们每个人都成为有历史守望与文化追寻的梦中人，将高雅、精致和与时俱进的海派文化精粹传承发扬，用我们的赤子之心留住上海的万种风情！

自序　不会忘却的记忆　不会褪色的怀念

刘广宁

前些年,陆续参加一些老同事老朋友们出书的活动。其间有些朋友(包括编辑朋友)热情建议我写些文稿整理成册。而我思念如父如兄般的老伴,怎一个“痛”字了得,没有心思,没有情绪,故无言以对。

其实早在1980年代就有人对我提及这个话题,但我总觉还是后生小辈,资历尚浅,加上工作、家庭诸事繁多,忙不过来,实在没时间顾及。那时虽未主动投稿,但还是应几家电影刊物邀约,从当时配音的影片谈起,发表了一些译制工作中的直接体会,并不成熟。近年来再未认真动过笔。

这几年常常重温过去参与配音的经典影片,没想到这些戏对我的吸引力还是这样强烈,还不知不觉把注意力从自己配音的角色身上转移到当年合作的前辈老同事所配音的角色身上,不禁想起和他们一起工作、生活的那些年月、那些往事,点点滴滴,想起他们那永远值得我学习的专业、敬业精神。他们不仅给主角,就是给戏份不多的角色配音,也从不马虎,总是人各有貌,活灵活现(就像《生死恋》中毕克配夏子的父亲、邱岳峰配大宫的父亲,潘我源配大宫的祖母),他们的身影一个个又浮现在脑海中，好像仍和他们一起从事我们共同热爱的工作。想到他们绝大多数已去了另一个世界，不免惆怅。

感谢朋友们的不断鼓励、支持和帮助。为回报一直以来不离不弃对我们热情关注的观众朋友，为寄托对前辈们的深深怀念，把这些记忆片段留下来的想法越来越强烈。译制片配音是我艺术上的母乳，参加一切语言表演的借鉴、灵感都来自这母乳的启迪。所以从这个角度出发，鼓起勇气，写下这些有感而发的大实话，又收集整理了一些过去应邀在一些报刊发表的文稿，汇集在一起，与大家分享，亦是对自己的一个交代。

目录

艺海求索

附录

难忘岁月

这块福地

1976 年上海电影译制厂从万航渡路 618 号正式搬迁到了永嘉路 383 号,当时确有依依不舍的感觉。虽然 618 号老厂的工作场所简陋,不仅和美术电影制片厂合用,且只占了少部分地方,但这是我配音工作生涯的发源地,是我事业的起点。十六年来我从一张白纸到能画出较为像样的图画,这地方有好多难忘留恋之处。但此举是上译厂的一大发展,是跨前了一大步,我还是高高兴兴地随大家一起告别了老邻居美影厂,搬迁到了永嘉路新厂址。

永嘉路 383 号原先只有一座小洋楼,前面一块空地,原是旧中国四大家族之一孔祥熙家的产业,1949 年后由人民政府接收过来。我们迁入前据闻是“苏侨协会”的办公处。这个地点在“文革”后期还在译制内部参考片的时代就已被选定了。听说原因之一是从这里把内参片送到康平路“康办”审片或那里的领导来这里看片路途较近亦较方便。当时还计划进口一套先进的技术设备，可以在厂里进行后期的影片混合录音，而不必再送到较远的电影技术厂去完成。可后来此事没了下文。原来为了打算混合录音而新建造的大棚成了放映电影的场子，后来还对外接收包场（放映的大部分是刚译制完成还未公映的影片，为的是先睹为快，少部分是内部参考片，通过一定的手续批准接纳一些单位的包场）。

旧有的小洋楼做了办公楼，底层一边是厂长、书记等几位领导的办公室，另一边是行政人员办公室（生产办、打字室、医务室等）；二楼是演员室和翻译室，底层和二楼之间拐弯处的后楼则是会计室（每月领工资时人出人进最热闹了）。三楼是尖顶的，有个小阳台，成了图书馆。而大门口传达室就仍由此处原来的传达人员担任（因在老厂是和美影厂共用，上译厂并无独立传达室），这位可是抗战时期的老革命，山东老大爷。时光流逝，现在他离休后顶替进厂的女儿亦已从我厂退休多年了。此是题外话了。

我看到小洋楼现在的照片，显然是已修缮过的了。因为原来二楼朝南的大阳台里面就是演员室。大阳台上是罗马式的石头柱子栏杆，而照片上的是重新改装的现代栏杆了。当年大阳台上摆满了养着各种花草的大小花盆，这是喜爱花草的同事们精心培育的。因为大阳台光照充足，而当时大家住房条件有限，就把各自的“宠物”带来“寄养”。大阳台像个小花园，色彩缤纷煞是好看。

由于工作场所需要，在我们搬迁过来之前就已在小洋楼前面的空场动工加建。除了上文所述新建了原欲作混合录音用的大棚外，正对小洋楼建造了二层技术楼，底楼是对白录音棚、放映间等，二楼则供剪辑、录音等技术部门所用。后来随着工作任务加重及人员增多，又扩充、加建了三楼。不仅如此，在大棚后面还辟了一个可供电视剧对白配音的小录音室，缓解了录音棚紧张的困难。记得有一次我正在这小录音室给日本电视连续剧《三口之家》对白配音，突然闻到一股煤气味，可开始其他同事并未闻到。我虽有鼻炎，可嗅觉还不错。后来请厂里的技工来检查，果然是因为紧靠大棚的食堂厨房里的煤气漏气，从通风管道窜到了小录音室。我小时就因嗅觉较灵敏，妈妈称我是"狗鼻子"，这次还真派上了用场。

永嘉路 383 号可真是块福地，自从搬迁至此，上海电影译制厂可谓蒸蒸日上，欣欣向荣。技术条件、录音棚环境大大改善。改革开放也迎来了译制片的春天，那些年译制了不少优秀的经典外国影片、电视剧，加上以前的部分内部参考片也可以上映了，广大观众给我们以极大关注。当时上译厂实力雄厚，配音演员班子老、中、青声音色彩行当齐全，艺术凝聚力强，《尼罗河上的惨案》等影片就是佐证。有不少著名外国电影演员来厂参观访问，互相交流。记得我曾参加接待的就有日本的高仓健、栗原小卷、吉永小百合、中野良子、倍赏千惠子，美国的格里高利 · 派克、德博拉 · 拉芬，法国的阿兰 · 德龙。我们不仅译制外国影片，而且很多国产片、中外合拍片争相来厂做后期对白配音。其中有英若诚导演、美国演员出演的根据巴金著作《家》拍摄的同名电视剧，李连杰演的第一部武打片《少林寺》等，都给配音演员提供了宝贵的实践机会。我也曾给多部国产片加工配音。

这当中亦有过一些曲折。由于潘我源去了香港和台湾，邱岳峰骤然去世，配音演员班子少了不可或缺的特色，不能不说确有些损失。但不久在1980年代初陆续有了补充，从上海电影制片厂调来了曹雷，后又调来了当时还年轻的程玉珠，接着招考进厂了部队文工团复员的施融、王建新、盖文源以及来自滑稽剧团的杨晓。老演员杨文元也终于落实政策从外地回厂了，他的嗓音被老厂长陈叙一形容为铜锤花脸，20世纪50、60年代配过不少好戏（那时我暗想，根据这个形容比喻，那于鼎该是个架子花脸了）。后来，上海科学教育电影制片厂的解说员王伟也转到上译厂。至1980年代后期从中央戏剧学院招来了任伟、沈晓谦，从河南戏校招来了狄菲菲，从上海戏剧学院招来了刘风。这几位都是很有才华、嗓音条件不错的年轻人。我退休后闻知又吸收了好多位优秀的青年演员，都在永嘉路383号这块福地茁壮成长。退休后凡有时间回厂，我就会上上下下各处走走，看看老同事。这块福地见证了上译厂的辉煌年代，是永志难忘值得缅怀的地方。

译制厂的老厂长『老头』陈叙一

同事孙渝烽曾爆料，老厂长陈叙一有次在家洗脚，因反复推敲台词本，竟未脱袜子就把脚伸进洗脚盆里了。这倒使我想起了老陈的另一桩趣事。这是在众目睽睽之下发生的，是我亲眼看见的。还是在万航渡路老厂时，大家在楼上大休息室热烈地谈戏。创作部门的人员绝大多数是“水桶”，茶水少不了，每人都有自备的茶杯；房中的长条桌上放着一排竹壳热水瓶。老陈当然是主讲，大家都集中注意力听他发表意见。只见老陈一边滔滔不绝说得起劲，一边端着杯子站起来走到桌旁欲拿热水瓶续热水。大家都一直看着他的脸听他说话，没注意他的动作，只听老陈“哎哟”叫了一声。大家一看，原来热水瓶的软木塞被他丢进了他的茶杯，水花四溅。再一看，众人都大笑起来，因为老陈的茶杯盖正在热水瓶口上坐着呢，当然是老陈自己放上去的啦。

老陈的习惯动作是坐着抖腿，这大多是他在编本子时苦思冥想地斟酌台词的必然表现。潘我源曾当众笑话老陈，说他想出的台词都是抖腿抖出来的。她说得好像也挺有道理。

在启发演员方面，老厂长很有一套。他不啰唆，没废话，一句话就让演员抓住了分寸。在《冷酷的心》一片中，老陈指点我："这是一个修女对一个陌生男人说想洗个澡，可不是像我们工会发洗澡票时向组长请假去澡堂洗澡。"在一部内参片《黄道十二宫》中我配一个花痴女孩，怪声邪气地说话唱歌。老陈启发说："那是只猫在叫春。"都是简单的点拨，一下子就说到点子上了。

老厂长对翻译本子这一先行的准备工作十分严谨，往往我们演员还未开始录音，他的嗓子却先沙哑了。因为前期的翻译剧本，最后都是老陈亲自编辑、整理台词（可银幕上却从不挂他这位编译者的名字）。一开始他就要和翻译讨论研究，尤其在译制内参片时没有原文本，要直接从原影片中听下来，难度很大。老陈往往与翻译各抒己见，争论不休，为了一句词可以"吵"得不可开交。他的嗓子经常在这时已累哑了。我们会笑他："你又不配音，我们还没开始录音呢，怎么你的嗓子倒先哑得发不出声音了！"其实大家都明白是怎么回事，老陈真是拼了老命全身心投入译制片配音艺术事业。现在厂里的墙上还写着老陈的警句："剧本翻译要有味，演员配音要有神。"

我牢牢记住老厂长陈叙一的一句话：配音演员要还原原片，完成角色声音形象上的再创作，对原片就得"上天入地紧追不舍，拐弯抹角亦步亦趋"。

老厂长爱听评弹，常要我们多读古代诗词。他认为配音演员接触的是世界不同国家不同艺术风格的影片，所以看书要“多而杂”。当然不可能什么都精通，但应该什么都知道一点，懂一点。这我倒有些歪打正着了，我看书绝对称不上多且只是看感兴趣的，但却杂七杂八。自幼从家中祖父母的藏书、买书，到学校图书馆的书，认为好看的都接触了一些。工作以后经常钻在和美影厂合用的图书馆里找《演员自我修养》《角色的诞生》及以前没看过的文艺作品来阅读，以补自己的不足。有时确有点囫囵吞枣，可在以后的配音生涯中却体会到从这些书中获得的生活经验、知识积累的重要性。我感到老厂长这些话是他自己在艺术道路上一路走来所总结的宝贵经验，肺腑之言。

多才多艺的『老邱』邱岳峰

邱岳峰也是前辈老师大叔中不但配音艺术魅力四射，而且心灵手巧、多才多艺的能人。老邱的木工手艺是“一级棒”，厂里有些木制家什是老邱一双巧手做成或加工的。老邱还有些绝活开始时深藏不露，我也是慢慢才知道的。

早年间有一阵子大家爱上了用五颜六色的塑料细绳缠在细铁丝上编成彩色的小扇子做摆设。老邱手巧，编出来的小玩意特别好看。我的手笨，学得慢，因我新婚不久，老同事们笑称我“小笨媳妇”。有一次我编着编着发现塑料绳不够了，正好看见老邱在悉心编制着一件尚未完成的玩意儿，下面拖着一长段细绳。我就自说自话剪下一段来用。老邱叫了起来：“哎，这不坑了我了，我还怎么编下去啊？”有同事见他愁眉苦脸琢磨着的样子，问他怎么了？老邱回答：“看，被这小笨媳妇铰去了一段，怎么办哪？”我虽手笨，最终也编了两把彩色小扇子，一直挂在床头和书桌的台灯罩上，挂了好些年。

和于鼎、富润生、潘我源一样，邱岳峰也会做好吃的。在万航渡路旧厂后期，老邱常把用黄瓜、萝卜、卷心菜腌成的泡菜带给同事们吃。在旧棚下面的大休息室里，大家吃了还想吃，还向他讨教腌制方法。

“文革”结束，改革开放，交谊舞渐渐兴起，引起演员组同仁们的兴趣。午休时住在厂附近的乔榛带来了四喇叭录音机和音乐盒带，大家学起跳舞来。记得赵丹老师来玩，时值冬季，他身着中式棉袄、老棉鞋，头戴老式鸭舌帽，围着厚围巾，与亦是一身厚厚冬装的潘我源大姐和着音乐跳起了“伦巴”，跳得真是美极了，这更把大家学舞的情绪推向高潮。后来发现老邱竟也是跳交谊舞的好手，大家自然不会放过他，争着跟他学，要他带。老邱家离厂近，中午回家吃饭。等他回来时还来不及脱棉大衣，有时口罩都还没摘下就被人急急拉走了。老邱虽身穿棉大衣，戴着厚帽子，但仍不掩舞技功力之深厚。

邱岳峰瘦瘦的，身体单薄，但工作十分投入，从不喊累，可就是怕感冒。听人说我们东方人感冒不算什么大病，但西洋人的体质、血统不一样，得了感冒特别难受，像患了大病。我从老邱身上印证了这一点。老邱的母亲是俄国人，他当然是半个洋人了。见过他一感冒就半躺在演员休息室的旧沙发上动不了了。真是“好汉就怕病来磨”，半个洋好汉碰见感冒就蔫了。就因为老邱是半个洋人，好几部国产片都请他去客串高鼻子洋人角色。戏份最重的该是《珊瑚岛上的死光》。好像老邱在电影中扮演的都是反面人物——“坏人”。

老厂长陈叙一在闲聊中曾透露，早年译制组成立之初，招收老邱的目的之一是因为老邱的母亲是俄国人。老陈私下想老邱是“半个外国人”，大约俄语不错，对当年译制大量苏联影片定有裨益。可后来工作中却发现老邱并不太懂俄语。老陈这个如意算盘虽未打响，但在创业之初吸收了像邱岳峰这样一个配音、对口型俱佳，又有事业心的演员可谓觅到一宝。从上影厂翻译片组创建起，老邱一直是几位功不可没的元老之一。

道临大哥哥·老孙·道临老师

1950年代，国产片《渡江侦察记》轰动影坛，孙道临的银幕形象深入人心。当时我是个中学生，课外戏剧组的同学都希望能请孙道临到学校辅导、座谈。戏剧组组长不断打电话，设法联系，口口声声“道临大哥哥”。我虽不像有些同学那样对影星疯狂崇拜，并非“追星一族”，但亦希望和艺术家见面，聆听指教。不过同学们几经努力，最终很遗憾没能请到道临大哥哥来校，这事亦不了了之。后来我也看了电影《王子复仇记》，对孙道临的语言表演功力十分仰慕，没想到这位大哥哥后来成了我的前辈老师。

到上译厂工作后，虽在上影系统的各种会议活动中见到孙道临，亦听过他的朗诵与唱歌，但从未交谈。“文革”中期译制内参片，孙道临被借调到我们厂担任翻译、导演、配音演员，大大充实了译制片的创作力量。那时我们有了工作上的合作，我们称他“老孙”。我还把以前在晚报上看到的一则谜面为“爷爷，我来了”——打一电影演员名，谜底为“孙道临”的谜语在闲谈中告诉了老孙。更有幸那时有机会在内参片的配音中与老孙搭档合作（在根据雨果小说《悲惨世界》改编的《孤星泪》中他配冉·阿让，我配珂赛特。在《梅亚林》中他配法国王储，我配女友玛丽亚。遗憾的是这两部戏都未公映）。

当时老孙借调上译厂，不但工作繁重，而且常要在中午骑自行车赶回去给尚年幼的女儿庆原安排午餐。“文革”结束后，老孙返回了上影厂。

改革开放初期上译厂已搬到永嘉路。有一天一位唱片公司的女编辑来找我，我们本不相识。她告诉我，外语学院要给外国留学生录制学习汉语的教材，他们在几十条音带中选择了孙道临和我两人担任男女声朗诵。“文革”后我们对老孙的称呼亦随当时故事片厂同辈谓“道临老师”。这是我第一次录有声读物，录了教科书配卡式盒带的《实用汉语 600 句》《汉语口语 900 句》，这些教材不仅热销，而且被留学生们带回或寄回国去做圣诞礼物。和道临老师合作是我极其珍贵的学习、实践机会，获益匪浅，汲取了可贵的艺术养分。有时录音结束已近午夜，衡山路唱片公司离道临老师住的武康大楼，离我当年住的新华路走回去都不算远，可晚上走夜路我有点害怕。道临老师本来应从宛平路走到家最近，可他却绕远路陪我从华山路走到淮海西路，这样离我家近些，让我少走些夜路。等把我送到家附近，道临老师再折回武康大楼。

因我先生的小提琴老师王人艺教授夫妇和道临老师是隔壁邻居，我们常带孩子去看望王教授及师母，有时会碰到道临老师。我的大儿子考入上海戏剧学院电影导演系后我亦带他去拜访道临老师。我也曾在道临老师导演的电视片中担任解说。

多年以后，道临老师去香港表演唐诗宋词，联系上了我，我赶去看他并聆听了道临老师的朗诵讲座，相见甚欢。好久不见，我觉得道临老师虽衰老了些，但精神状态仍不错。道临老师告诉我他在办公司，继续致力于电影工作和语言表演。我们很高兴地从过去聊到现在。后来道临老师曾来信关心鼓励我，互致贺卡，贺卡上有道临老师的照片，红衬衣搭配白长裤，很是精神。

那次讲座，主办方估计不足，教室不够大。许多人要求进来听讲座，实在容纳不下。道临老师好心建议多加些座位以满足要求。最后碍于当地消防条例的人数规定，很是遗憾。这也显现了道临老师受欢迎的热烈程度。这是我最后一次见到道临老师。

贪馋的『胡老汉』胡庆汉

我在中学时代，有一年暑假和课余戏剧组的同学们去一所学校的露天场地观摩在简易舞台上表演的朗诵节目。那次请来了几位专业演员，也是我第一次近距离欣赏胡庆汉、苏秀、赵慎之三位老师的朗诵。不成想后来和他们成了同事。

胡庆汉的朗诵当年在爱好文艺的青年中是颇有影响的，他常在文化宫做朗诵辅导员。我们也看过胡庆汉配音的《红与黑》等译制片。

听观众朋友们称我“公主的声音”，实感惶恐，受之有愧。生活中我早已是“公主的祖母”了，事实上我从未给真人饰演的公主角色配音。在1980年代初虽给中野良子主演的日本古装影片《吟公主》配音，但女主角是个大臣的养女，并非真正的公主。我倒是给美术片中两个公主角色配过音。第一次是刚工作不久在美影厂木偶片《孔雀公主》中配公主婻麻喏娜，和我搭档配王子召树屯的就是胡庆汉老师。那时老胡经常配英俊帅气的角色，还有时既当译制导演又为片中主角配音，工作虽十分辛苦，但完成得非常出色。我到了1980年代才又配了第二个公主角色，那是动画片《天鹅湖》中的白天鹅奥杰塔公主，搭档配齐格弗雷德王子的是童自荣。

早听老同事说胡庆汉嘴馋爱吃。苏秀老师曾说早年和他一起去北京开会，吃到一种食物，老胡很爱吃，后来他想再吃可又说不出名字，只说他要吃“胳膊肘”，闹了一场笑话。1960年代初，组织小分队上街搭台宣传演出。一天多场，天又热，挺辛苦，嗓子也吃不消了。医务室人员带着青霉素含片备用，含着味甜甜的。胡庆汉嘴馋了，他忘了自己是青霉素过敏的，要了一片含着，这下糟了，马上浑身起红点，眼睛也红了，狼狈不堪，大家都吓得不轻。因这事老胡被笑话了好一阵子，成了证明他嘴馋的口实。

和其他几位从外省来的前辈同事一样，胡庆汉来上海几十年了可说不好上海话。下乡搞“四清”时胡庆汉努力学说上海话，也大胆开口讲，可还是把“图片展览”说成“肚皮展览”。

1980年代左右，我有机会多次受邀与老胡同台表演，一起参加活动，常没大没小地称他“老汉”。好在胡庆汉为人随和，和他开玩笑他从不生气。

厂里青年演员渐多，先后来了适合配帅气角色的乔榛、童自荣等，补充了不少新鲜血液，胡庆汉就主要担任译制导演工作了。可在雨果名著改编的影片《悲惨世界》中，男主角冉·阿让仍由胡庆汉配音，戏份很重，老汉配得很是出彩。台词分寸、感情起伏处理得恰如其分。

胡庆汉特别爱清洁。他来厂上班比别人早的时候，会用抹布把休息室的桌子擦得干干净净，再拎着热水瓶去食堂泡开水，然后回来乐呵呵地对陆续到来的同事们用他的“胡式”英语打招呼说：“Open water 来了，大家泡茶吧！”

后来胡庆汉年事渐高，身体渐差，血压高。为了照料他，也为防他贪吃，出席宴会时他的二儿子胡平智（后继承父业，亦是译制导演、配音演员）常陪着他，关切地监督他的饮食。眼看有些美食进不了口中，胡庆汉会有些遗憾的样子，可他基本上还是听劝的。

精神可嘉的老『猴奶奶』苏秀

怎么会称苏秀“猴奶奶”呢？有一次我在电影博物馆参加“苏秀下午茶”，会上我在朗诵寓言故事“猴吃西瓜”时说出了原因。当年我刚工作不久就知道这雅号的来由。老苏的老伴姓侯，当时老一辈的同事（尤其是女同事）开玩笑戏称老苏“猴奶奶”，还说她抓痒的动作也应该是像猴一样反着手的。那时作为年轻的后辈，我倒不敢说这种玩笑话，亦不会这样称呼她。现在我想说的是如今的“猴奶奶”虽年届九旬，可头脑清晰、思路敏捷，用电脑写文章、出书，还参加北京、上海有关译制片主题的演出、访谈。去年初曾跌过一跤，不久前又病了一场。可病才好些她老人家就像冬眠的蛇复苏似的又开始干她想干的事了，真是精神可嘉，让人佩服！

老苏一直有气喘病，身体并不强壮，食量又小，同事们笑她“这哪儿是吃饭，是喂鸟呢”！可她工作起来认真、仔细，不怕辛苦。有一次赶任务把她累倒了，不得不暂时停下来。厂里用车让比老苏年轻得多的我陪着送她回家。她的老伴老侯很是心疼，和我说了一通牢骚话，我很同情，不知如何安慰。哪知没两年我亦因体力不支累倒，厂里用车送我回家，这次陪我回家的是更加年轻的小丁（丁建华）。

苏秀的老伴老侯是默默在背后支持她的人，退休回沪后挑起家务负担，是她家“做饭的”。我的老伴也是我的家庭支柱，当时他还在上班，一面忙于音乐工作，一面管家务孩子，也是个辛劳的“做饭的”。1980年代中期我们两家都住在厂旁边，于是我和苏秀会有这样的对话：“哎，刚才我在街上碰见你家‘做饭的’了！”“是吗？昨天我在菜场还碰见你家‘做饭的’呢！”

录音是我最喜欢的语言表演艺术工作。现在当我有机会给电视台、电台录音时，总希望朋友们帮我听听以利改进，因为我认为“当局者迷，旁观者清”。我也会告诉苏秀，请她谈谈感觉。所以我见到老苏时会谈到这个话题。

苏秀是跟着老伴（他是位俄文翻译）从北方来上海的。她爱好音乐，喜欢唱歌，可后来却干了一辈子译制片配音工作。但有机会她也会一展歌喉。当年下乡搞“四清”，苏秀还给老乡们表演过节目。老苏用上海话唱了沪剧曲调的民歌。可她也说不好上海话。胡庆汉把“图片展览”说成“肚皮展览”，而苏秀则把“北京城里”唱成“巴今城里”，二位老师真是“异曲同工”啊！

老苏能导能配能写。退休后还帮电视台培养了一批业务水平不错的配音演员，录了不少优秀的电视译制片，并帮助成立了电视台的译制部，继续发挥着余热。

被尊称『赵老太』的赵慎之

赵慎之是从舞台上走来的，据说当年她在北方主演的舞台剧场场满座，年轻时已是位当红演员。后来参加部队文工团，又复员到上影厂翻译片组，与配音艺术结下不解之缘。

当年前辈同事叫她“赵老太”，我不理解，她不老呀，才三十几岁。当时我还对苏秀说：“如果她是赵老太，那不是也得叫你苏老大娘了?”后来才知，因为老赵体弱怕风吹，又热不得冷不得，有些气味又闻不得（可奇怪的是她却爱吃臭咸蛋），身上又这儿酸那儿痛的，故此老同事们就尊称她“老太太”。

那时我们要按时进行业务学习交流，每人自己找材料诵读，互相讨论指正。老赵虽是资深演员，但十分认真钻研。为了练习平、翘舌音的转换，曾选了针对性的绕口令“张工长是组织者，我是张工长这个组织者的追随者”来念，经常念念有词。我觉得很有用，所以一直作为练口齿的材料，后来还把这个作为普通话教材。老赵还主动指点青年演员念词，纠正轻重音处理。

老赵离休后还管起了"闲事"。她在电台、电视台的节目里听到字音有读错的地方便会打电话联系，认真指出。这本不关她的事，也没人主动问她，是对语言表演的钟爱之心促使她这么做的。近年我曾听到有声读物中老赵念的一首小诗，觉得她嗓音不似年近九十而像五十岁上下的人，魅力仍在。老赵离休后偶尔被请回厂配戏。听说有一次在《达·芬奇密码》中给一个戏份不多的角色配音。很少再听到老赵配音的观众直呼"这才是正宗的翻译片的味道"！充满怀念之意。

在生活上赵老太并非很聪明。她的老姐妹苏秀曾笑说："她不认路，更不会坐公交车。她来过我家多次，可坐车进了小区，每次都找不到楼门。"我想这方面我就够笨的，怎还有不如我的？我问老赵："以前你上班时不是要坐公共汽车的吗？"她答："嗨，那是从我家门口坐一辆车就到厂附近了，如果复杂些要换车我就不行了，现在地铁出口那么多就更弄不清了。"是啊，老太的机灵劲都用在配音艺术上了。

赵老太一向穿着朴素整齐、干净利落，头发一丝不乱，到满头银发仍是如此。1960 年代上译厂和美影厂为邻时，大门旁传达室后面有间小小的简易理发室，收费便宜，是工会福利。理发师是一位姓张的师傅。理发设备简单，一个脸盆、一把装热水的铫子、一把梳子、一个吹风筒，简单的洗、剪、吹，没有电烫。老赵每次洗发后自己用发卡把额前一绺头发卷起来，吹干后她自己仔细梳好，微微卷曲很好看，可见老赵挺爱美的。多年后我闻知老赵过去曾在北方演舞台剧（听说有一出是《钗头凤》），红极一时，我想象她当年在舞台上就是古典美人，难怪那么受欢迎。

连演员组以外其他部门的老同事也说，赵慎之越到老年脾气反倒越随和了。她养花草（还去台湾看花展）、看球，用她自己的方式度过平静的晚年。我随老同事们一起去敬老院探望她，她请我们在餐厅吃午餐，我觉得餐厅的炒鳝糊烧得很好吃，她便记住了，下次再去看她，她还记得点这道菜。有录音或演出的机会老赵必全力以赴，积极投入。前年去北京国家大剧院演出《辉煌年代》，临上场前老赵突然血压高，可她坚持上台和观众见面说话，当她坐了轮椅（这本是苏秀的）出场，台下掌声雷动。回沪不久我与老赵应邀到电台给一出越剧录画外音，赵老太对台词的认真推敲仍如当年。

『姑奶奶』潘我源

用“没心没肺”形容潘我源是再合适不过了。她亲口告诉过我，当年反右运动如火如荼，她正患肝炎长期在家养病。病初愈，爱打扮的她搽着口红，穿得花里胡哨，大摇大摆来到厂里。一看这政治运动的架势，再看看自己这一身穿着打扮，吓得赶紧逃回家去卸下浓妆。潘我源性格开朗，叼着烟卷，大大咧咧嘻嘻哈哈，人称“潘姑奶奶”。

潘姑奶奶不仅是个“口吃八方”的馋人，而且烧得一手好菜，在前辈大姐中堪称翘楚。她请我吃过几次，是色、香、味俱全。有次下乡劳动她还自告奋勇上农村大灶烧菜饭。潘姑奶奶挺会过日子，哪儿的东西好又不贵，她会推荐给同事们。上译厂刚搬到永嘉路时，她告诉大家，陕西路上的蕾茜饭店中午有一种西式套餐很实惠，从我们厂走过去亦不太远。于是有同事中午去光顾，我也去过几次，且和丈夫、儿子一同去吃，果然不错，适合我们这种工资不高的阶层。潘我源的能干还表现在她会裁剪缝制衣服。虽然当年有些“奇装异服”之嫌，但潘姑奶奶穿上则别有她的一番特色。记得她自己缝制了一身中式斜襟短袄配长裤，还是收腰的。桃红色底，小花朵，布料是人造棉的。因当年要布票，人造棉收的布票比全棉少。这身衣裤颜色艳丽，式样别致，所以我印象很深。

别以为潘姑奶奶只爱吃穿是个好吃懒做的，她可是个认真敬业的“工作狂”。虽大大咧咧，可干活从不马虎，人又聪明。她是个老革命，到上影厂翻译片组时开始是做剪辑工作的。据知当年搞技术革命，她自创了一种又快又好的工作方法。后来进了演员组也是颇有特色的优秀配音演员（又是个极好的口型员），是演员班子中不可或缺的音色。她去了香港、台湾后，厂里配音班子中少了一种无可替代的色彩。潘我源配的虽多是“彩旦”“老旦”式的角色，可她也配过“正旦”“刀马旦”型的人物。如内参片《人与兽》中苏联名演员玛卡洛娃饰演的女知识分子，墨西哥影片《勇敢的胡安娜》中的女英雄胡安娜，也都配得不错。

至于潘我源的另一个雅号“鸭子美哒哒”则源于译制片《巴黎圣母院》中美丽的女主角“艾斯米拉达”。因为潘我源那鸭子叫般的嘎嘎笑声，长得矮矮胖胖，走路摇摇摆摆的姿势，大家就用了“艾斯米拉达”的谐音，把“鸭子美哒哒”这一美称送给了她，好像挺顺耳的。

厂里老同事一般都不太和老厂长陈叙一乱开玩笑，而潘姑奶奶偏就敢，还故意胡搅蛮缠。有一次老陈实在招架不住，边逃边不甘心地回头笑着对潘我源爆出一句回敬：“这个婆娘好生无理！”

会修藤椅的老富

上译厂前辈们大多是舞台上走来的，不仅配音功力了得，有几位还是心灵手巧的能人。演员组人数最多时也不到三十位，却有四位是少数民族。富润生、杨晓是满族，程引是蒙古族，童自荣是回族。老富原是京剧演员，一口京片子，据前辈同事们说，1950 年代初他曾因从苏联早期革命影片的配音台词中流露出口音很土的京片子，被大家作为笑谈。富润生是满族八旗子弟，听说还是“镶黄旗”贵族。可老富不像传说中的没落皇族子弟——提着鸟笼，泡茶馆那样好吃懒做。老富可是一个能人，他的面食做得很好，最拿手的是做“腊八蒜”（把蒜瓣在腊八时节浸泡在醋中，到一定时候拿出来吃）。他常把腊八蒜带给同事们吃，味道好极了，就面条或是下米饭吃，都真是“打耳光都不肯放的”，我至今忘不了这美味。

老富还有一手绝活，就是修藤椅。我厂有好多把藤椅年久失修，不仅破旧且缝里还有许多臭虫，暑天时臭虫会出来咬人。记得我工作不久靠在藤椅上午睡，手臂被咬出一排小红疙瘩，又痒又肿。这些旧藤靠椅一直也没人管。老富自告奋勇，主动担此重任，把坏椅子上的藤全拆下来只剩架子。然后用药水浇、滚水烫，杀死缝里的臭虫籽，再仔细洗刷干净，吹晒晾干。把新藤条泡软后，一根根缠在椅架上扎紧，制成了一把把漂亮的新藤椅。这可都是老富辛辛苦苦花了大量业余时间，义务劳动认真做出的成果啊！

富润生亦是个热心人，当年他患喉疾，长期治疗求医，认识一些专科医生。那时我因带病日夜赶内参片任务，嗓哑、咽痛、咳嗽不止。老富不但给我及同事们介绍专家治疗，还陪我去较远的医院找老中医治疗，我咳嗽顽疾，也渐渐缓和下来。至今我都十分感念老富的热心相助。

老富不幸得了声带间变（喉癌），当时医生有两个治疗方案，一是摘除声带，就不会扩散了，这是最安全的；二是保留声带用冷冻药物治疗、理疗，但安全系数就不如前者了。老富考虑下来还是选择了后者，因摘除声带就意味着不能正常发声，要永远放弃配音了。所以仍冒险选择了保守疗法，后来通过治疗居然控制住顽症，保留了声带。但富润生的嗓音却远不如以前了，一般上午 10 点以后就不能再用嗓了，但总算还能配一些戏，也是万幸。后来老富就致力于写文章，也偶尔导戏，还参加农工民主党的社会活动，在电影中串演一些零碎角色。

这以后，原来有烟瘾的老富再也不敢吸烟了，就抽上了据说不伤喉咙的水烟。烟袋锅里的水咕噜噜地冒泡，还得拿条纸捻子，经常去点燃，所以离不了火柴。水烟托在手里像个老太太抱着暖手炉似的挺可笑。有一天，只听老富在到处找东西，一面嘀咕："我的洋火呢，怎么不见了？"不知是谁望了老富一眼，笑了起来说："火柴盒不是在你手里拿着吗？"原来老富手里攥着火柴盒，却在满世界找洋火呢！

『木头』李梓

我刚进厂时正逢译制重点片《阴谋与爱情》（联邦德国影片），男女主角由毕克、李梓二位老师配音。我一直在录音棚里看配音，如饥似渴地学习。我很喜欢李梓的戏，收放自如，声音松弛。我心想：什么时候能达到这水平就好了。李梓是演员组组长，为人稳重、性格内向，我从未见她发脾气，未见她与人争执，好似有点“木讷”。苏秀说她“不显山、不露水”，真是说到点子上了。李梓并非反应机灵出戏快的演员，但可经得起导演雕琢，一旦出戏，持久扎实。种种缘由使她得了个“木头”的美名——她的姓与名中又都带“木”字。

记得在《阴谋与爱情》一片中，女主角露易斯最后服毒断气前有段念白是边喘边说，不但感情节奏须紧跟原片，又要字字清楚让观众听明白这段重要的台词。一场戏下来，大家去食堂吃午饭，李梓已辛苦得什么也吃不下了。可她不叫苦不叫累,坚持把戏出色完成。那时我初次明白了要当好一个配音演员的不易。到了我担任《尼罗河上的惨案》中杰基一角配音,几段急促呼吸的戏,才切身体会到脑子缺氧、发凉发麻、大喘气后那种极难受的感觉,真是吃不下饭了。我也没有喊累喊苦,倒不是我多么能吃苦耐劳,而是我根本喊不动了。

前辈同事中,李梓的笑是一绝,赵慎之的哭是一绝,不仅还原了原片人物的真情实感,且呼吸节奏配合一致,我十分钦佩,而当时我则是两头不到岸。学了多年,练习了多年,还是没达到她们的水平,这真是"活到老,学到老,还有三样未学好"。

李梓还写过一些关于译制片配音的文章,发表在报刊上,文笔流畅,朴实无华,和她的台词表演风格一致。苏秀曾说她们一起下农村时,李梓居然顺杆爬到桩子顶上关播音大喇叭的开关。1960 年代初有一年夏天,我和李梓二人搭班去厂值通宵班,午夜我们躺在铺着席子的长桌上,忽听外面院子里蟋蟀叫声,黑灯瞎火的,她居然饶有兴趣地跑出去抓蟋蟀,真够大胆的。

一般人到青藏高原,多少会有高山反应,有的人还终究上不去。那年我到昆明的云南电视台参加和老山前线战士的联欢活动,一下飞机就头痛,幸而第二天就好了,这海拔还不算高呢。可是李梓去西藏拉萨探亲(她老伴在那里的报社工作多年),却没有高山反应。她回沪后我们知道这事都觉得她挺了不起。

我的印象中李梓身体不错,个子不高但很结实,是个大冷天还能洗冷水澡的主儿。可没想到后来却得了这么个折磨了她十几年的病。据她孙子说病重昏迷时口中仍念念不忘录音工作，只要听到说有人请她录音，她就会立刻回答要稿子来看。我听了挺心酸，却十分理解她执着地热爱语言表演艺术、至死不渝的心情。

与毕克聊『育儿经』

1970年代初我常与毕克聊天，主题是“育儿经”。这事还得从头说起。

1960年刚进上译厂时，我是个充满学生气的高中毕业生，同事中没有一个同龄的女孩。和我前后相差一年时间进厂的王颖、伍经纬、戴学庐、严崇德，年龄有比我大亦有比我小的，可他们都是男的。而老一辈大姐们则都已是孩子妈妈，生活中互相谈的都是家庭、孩子。从女子中学出来的我和她们没有生活上的共同话题，很不适应。记得那时毕克的大女儿丽娜，陆英华的儿子淮淮（恕我不知他的大名），常到厂里来玩。他们都是十岁出头，我和他们一起搬几把椅子坐在操场旁边有一搭没一搭地谈些孩子话，倒也玩得十分起劲。

后来毕克又结婚，有了两个儿子，比我的两个儿子大几岁，自然我就向毕克讨教，聊起了“育儿经”。毕克的太太是位护士，日夜倒班工作辛苦，毕克成了“马大嫂”（上海话谐音“买、汰、烧”），孩子白天寄养在别人家里总有不尽如人意之处，毕克心疼孩子可也无奈。而我和我先生是文艺界的双职工，先生是小提琴演奏员，排练、演出、开会，日程不规则，所以亦有类似困难。我和毕克就有了共同语言、共同话题。有一次马路施工，公交车暂停。我就和毕克从万航渡路老厂一同步行到静安寺，一路上都谈这些“育儿经”问题，并互相交流取经，一会儿笑嘻嘻，一会儿又苦着脸。毕克曾告诉我他女儿丽娜从广西来沪探亲，帮家里洗涮打扫，照顾弟弟。毕克心疼地说：“才回来几天，总得让她出去玩玩歇歇呀！”慈父情怀溢于言表。

老一辈同事中毕克是年纪最轻的，闲谈中我也会像一些老同事那样有时会称他“老克”。他记词快，出戏快，反应灵敏。例如，说话声音和体型一样肥得流油的波洛和声如游丝的干瘪老头伊藤博文，他都配得栩栩如生，完全不是他平日说话的习惯语调。解说词也念得极好。我觉得老克有个聪明的脑袋，真是不可多得。可有一天，老克那聪明的脑袋遭了当头一击。那是在工地劳动，毕克虽戴着安全帽，但还是被上面飞下的一块“不长眼睛”的砖头击中头部给砸晕了。我和几位同事去他家看他，毕克坐在床上，头顶好像还缠着纱布，他太太在旁边照料。毕克告诉我们，为此他太太的头发都急白了。这一击不但除了头晕，更影响了他的记忆力。好在毕克艺术功底扎实，努力下功夫克服记忆、反应上的困难，配出来的戏仍很精彩。

多年后，毕克的大儿子毕竟，大学毕业工作还没两年，却突然病故，给他精神上的打击实在太大了。当时毕克的太太正陪着他们在美国读书的小儿子毕生红。开始毕克是瞒着他们的，他把追悼会情景托人摄录下来。隔了一段时间，正巧我的儿子去北京实习，中央电视台的李扬说毕克托他在北京做后期制作的录像带已经做好，想请我儿子转交毕克，约定好乘火车回沪那天去取。到了回沪那天儿子去取，才知盒带还放在电视台。急着赶去拿到盒带，时间已很紧张。李扬开车送我儿子去火车站又遇大堵车。我儿子跳下车一路奔跑，冲进车站，差一点就误了火车。总算有惊无险，把录像带带回沪交给了毕克。

毕克性格内向，总爱自己钻牛角尖。有同事劝他去美国探亲散散心。毕克的一位姨妹曾和我是初中同学。闲谈中毕克告诉我他的二位连襟（太太的妹夫）都去美国探亲过了。我劝他也出去走走，但毕克瞻前顾后，总有他的一些理由，始终也没去。我退休后，有时回厂里会碰到他。后来译制厂从永嘉路迁往虹桥路广播大厦，路程远了，我曾打电话给毕克。他虽很高兴，可我听得出来他心情不好，有些牢骚。我建议他出去走走，到美国看看妻儿，还故意激他说："老克，你可真怪。"老克并未生气，还承认说"是怪，是怪"，还说等儿子读完博士，太太会回来陪他。可始终未出去走走。我想，每个人都会有自己的想法，自己的考虑。

毕克本来有关节炎、哮喘（后来成了肺气肿）。晚年身体越来越差，直至住院。后来听曹雷多次提及，当年日本拍摄了高仓健主演的影片《铁道员》，日方希望由毕克为高仓健配音。毕克虽病着，但他还是拿来剧本自己录了几段，听后自知病重实在无力胜任了，只得遗憾地放弃。他多么想为钟爱的译制配音事业，再努一把力，再拼搏一下，然而……

1960 年与上译厂同事合影

1970 年代初于“五七”干校

1979 年 3 月与富润生（右一）、赵慎之（左二）、乔榛（左一）谈戏

1979 年 4 月与苏秀（右一）、程晓桦（右二）

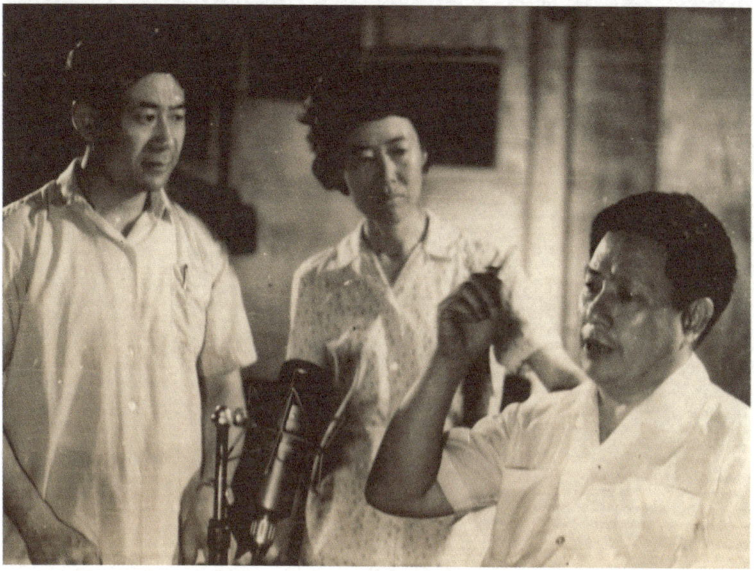

1979 年夏在厂录音棚与戴学庐（左）、于鼎（右）录制广播剧

1980 年代初与赵慎之

1980 年 4 月与李梓(左一)、乔榛(左二)、丁建华(右一)在厂录音棚

1980 年代初与孙渝烽在厂录音棚

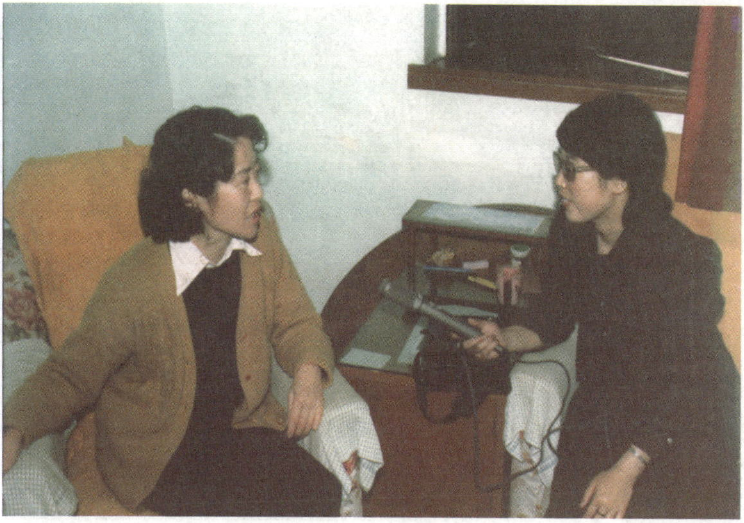

1980 年代接受记者采访

1980 年代中期与李梓为电视剧配音

1985 年为江西人民广播电台录制少儿广播剧

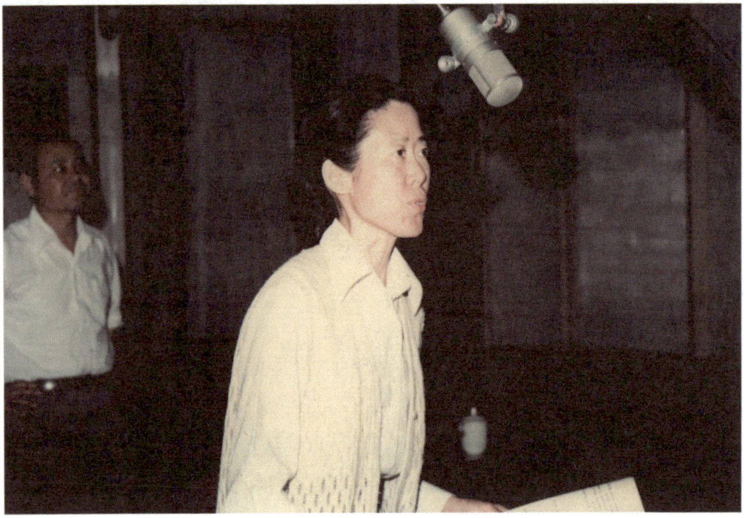

1985 年在厂录音棚

1985 年在珠影与刘冠雄导演为国产影片配音

1986 年 4 月与四川人民广播电台合作录制广播剧《天使的愤怒》

1986 年 9 月在北京电视片厂译制部与导演余纳为美国电视剧《天使的愤怒》配音

1986 年在云南电视台和程晓桦（左一）、毕克（右三）、童自荣（右一）与老山前线战士录制春节节目

为《天使的愤怒》配音获 1987 年《大众电视》金鹰奖最佳女配音演员奖

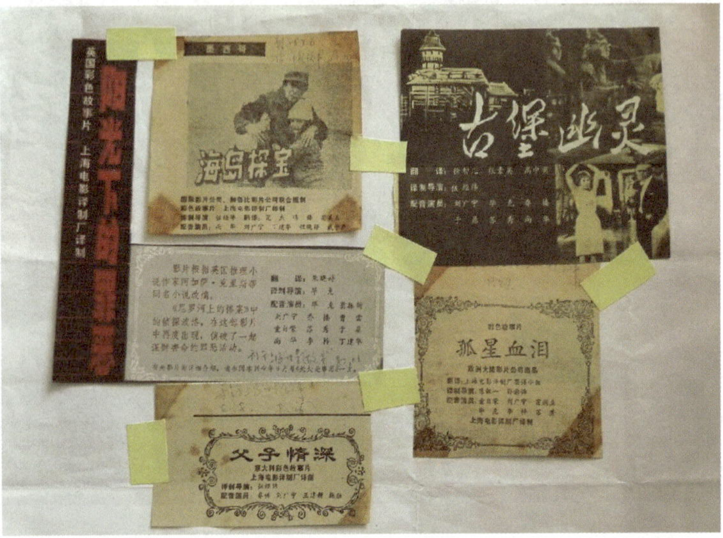

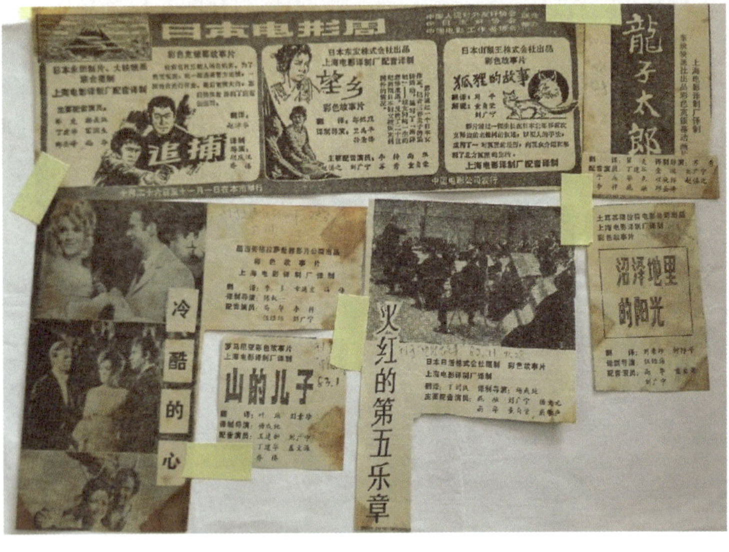

老伴当年从报纸上裁剪的我参与配音的译制片放映广告，纸张早已泛黄

2009 年参加电影《建国大业》演出

2011 年给《可凡倾听》录中文对白

2013 年 4 月 17 日在上海电视台广电大厦录音室

2014 年 12 月在上海话剧艺术中心演出广播剧《谋杀正在直播》后台合影

于先生和尚二叔

这个题目很多年前就已在我脑海中浮现，确是和他们二位在工作、生活相处中有感而发。

这两个称谓是我对于鼎、尚华二位前辈同事的昵称。于鼎还有别的雅号（老鼎、螺丝鼎、老于头），还有人称尚华尚二爷、二舅。这老哥俩时常互相掐架斗嘴，可友情深厚。同事们戏称他们“老公母俩”（老两口），“打是疼，骂是爱”，就是他们表达感情的方式。

当年我在录音棚看老同事配音，不放过一切学习的机会，还选了影片中女主角的台词，自己练习。老于主动热心地帮我用当年的老式录音机（这台录音机很旧了很“老爷”，得老于用手指拨弄才能起动），帮我录下声音再放给我自己听，还帮我配对手戏，帮我找感觉。于鼎的一只眼睛几乎没有视力，他把难念的词写成半大的字便于看清，认真准备。我曾自己用手遮住一只眼睛试着走路，总觉得要摔跤，根本走不稳，真不知老于是怎么过的，可他说他已经习惯了。关于于鼎主动做很多分外的事务性工作，以及烙饼、做炸酱面的事是早已众所周知。老于还帮同事做一些生活上的琐事。当年我家跟老于家离得不远，他帮我买质量好的猪肉、买啤酒。现在我两个儿子还记得老于骑着自行车来送东西，在阳台下高声喊"小刘"！我或我先生就会应答一声"哎，于先生"！赶快下楼去迎他。有时老于在我家聊一会儿就要匆匆回家。于先生家累很重：孩子小，妻子有病。一切家务及帮病妻洗澡的事他都亲力亲为。可老于一直乐观面对生活，克服困难认真工作。

于先生默默干了不少分外事，可从不误本职工作。他念词不利索，常会卡住"吃螺丝"，人称螺丝鼎（钉），他也不争辩，更加倍用功准备戏，最后成品总是很好。录音可以错了再重来，可舞台上却不行了。有一次上台，就因为他这个忘词的毛病，虽不是他出的错却背了黑锅。那是在"文革"中期，我们到市工人文化宫剧场朗诵《西沙儿女》的片段，有人艺、青话等好几个单位分演。有一场，舞台上是于鼎、孙渝烽、我三个人，演着演着突然卡壳了，原是小孙忘了接词，可他一门心思认为是老于忘词，所以十分自信地瞪着老于。可怜的于先生看着小孙这副表情，又自知有"吃螺丝"的"劣迹"，心里发毛发虚，一副做错事的样子看着小孙，僵住了。台下观众也以为是老于忘词，一下子大笑起来。我呢，本身舞台经验不足，见他们二位这副样子，实在忍不住也笑起来，台上台下笑成一片。后来小孙总算接上了词。表演完了，我按原先排定的向右转入侧幕，可刚一转身就听台下观众"轰"的一声又大笑起来，一看，糟了，他们二位没跟着我向右转，而是都向左转入侧幕了。这不成了侯宝林的相声段子——龙套站错地方，“一边一个一边仨”，而我们则是“一边一个，一边俩”了。显然是因为刚才的“风波”心神未定所致。后来我们明白是怎么回事，小孙也十分抱歉。可观众不知道，都认定是老于忘词，于先生这个黑锅算是背上，洗不清了。于鼎的眼睛视力不济，上台也给他带来过麻烦。1960年代初，我们排演小节目到各文化馆演出，我只参演过小话剧《柜台》，我饰杨桂香，赵慎之饰表姐，伍经纬饰表姐夫，于鼎饰父亲，李梓饰母亲。布景道具十分简单，雷声的效果是在幕布后面吊一块薄铅皮，一击铅皮就发出很像打雷的声响。雨声就是在筛子上放些黄豆，一筛动就发出似下雨的沙沙声。演了几场都较顺利。可有一次，有一场戏老于演完下场了，台上我们继续演。可老于一入侧幕，后面就响起雷声，怎么回事？这时不需要这效果声啊。原来老于眼睛不好，从光亮的台上一下子走进较暗的幕后，不小心撞到铅皮上发出了雷声。这“于鼎撞到雷上”也成了笑话。可见于先生能把录音台词抄成大字以便看清，但撞到“雷”上这种事却是防不胜防的。

于鼎的挚友尚华亦是个家累负担很重的人，妻子在生产组工作，工资微薄，子女多，住房十分困难。可他从不愁眉苦脸。尚二爷性子急，录音时几遍戏过不去就会“嘬牙花子”，犯嘀咕，埋怨自己，有时急得把乡音也漏出来了（他是山东人）。和老尚合作惯的导演、演员们知道他这脾气。不催他，尽量让他放松，不给他压力。于先生和尚二叔出戏都不快，可认真排戏准备，功底扎实，录出来的戏效果总是很好的。

和尚华搭戏，常能被他饱满的激情所感染。可有一次录对手戏时我把尚二叔害苦了。那是日本电影《望乡》，我配青年阿崎，老尚配妓院老板。这场戏我和老尚站在同一个话筒下，老板大声呵斥打骂威逼阿崎接客，而阿崎边逃边大声呼叫反抗。这场戏语言节奏、口型掌握、情绪控制难度极大，是力气活儿。当时我正患重感冒，两个人站得那么近，反复地声嘶力竭大喊大叫，我等于是在大肆散布感冒细菌。果然，过了一天老尚一见到我就说："小刘，你看都是你把我传染上了。"可不是吗，老尚也感冒了，当然是我害的，真是对不起，这也成了个笑话。

据前辈同事说，1950 年代初录戏时，声音是直接录在胶片上的，而且是一本戏（九分钟）一口气录完，不能分段。若一个人出错，同场的演员都得陪着重录一次，胶片也报废了。胶片靠进口，是用国家外汇买的，十分金贵。这就需要演员在实录前，反复排练纯熟，做足准备。老尚虽全力用心排戏，但总不免出错，听说当时老尚都内疚得哭了，他怪自己拖累了大家，浪费了胶片。后来技术革新，工作程序先进多了，这些问题都解决了，我们这一辈是"后人乘凉"了。可老尚还是用心准备，毫不懈怠。他不仅对自己要求严格，而且对整个译制片的质量也是十分关注的。我退休后，听说我厂译制片渐不景气，总感挂念。有一次回厂，正好厂里大棚正在放映一部刚译制完成的影片，我去看了，看完后我头脑里第一反应竟是"如果陈老头（老厂长陈叙一）在鉴定，一定通不过"。我把这感觉告诉苏秀老师，她对我说，有一次老尚看了一部刚译好的影片忍不住发脾气说"我看不懂"！我想老尚这位曾表示"愿意死在话筒前”的前辈说这句话时的内心是多么无奈。

多年来老尚与同事相处和睦，可他几乎只对于鼎发火。他亲自帮老于一遍遍地排戏准备，还直骂老于不用功，其实是冤枉了老于。这也是老尚激励老于的方法，是对铁哥们儿的真挚感情。于先生和尚二叔是我所尊敬的前辈。

『好耳朵』音乐家陈传熙先生

按常规，译制片任务来厂，除了影片拷贝，还得附带原文剧本和音乐效果素材的声带。翻译根据原剧本译成工作剧本。到对白录音完成后和音响效果（有些现场小效果还得由拟音员配上）合成，混合录音成一个完整拷贝。

可当年内参片任务，没有原文剧本，没有音效素材，只有一个影片拷贝。台词本得靠翻译听下来，音效和对白叠在一起，剪辑组得动脑筋千方百计拆东补西，把没有对白部分的音乐"挖"下来转录到需用的地方。但有对白叠在一起的音乐根本不可能单独"挖"下来。这是一项难度很大的工序。有一次遇到了用这方法都解决不了的大难题。

1960 年代末，来了一部内参片，是好莱坞伊士曼七彩音乐歌舞大片《舞宫莺燕》（可惜一直未公映），担任配音的除了伍经纬和我，还特请了上影厂的林彬、周以勤。后景音乐贯穿着经典名曲，且都和人物对白混在一起，现场音效还和音乐紧密配合，都绝对无法“挖”下来。

情急之下，厂里请来了与我们同为电影系统的上影乐团指挥家陈传熙先生。陈先生鼎力相助，全身心投入工作。他把影片中整个音乐从头至尾都听了下来，记录旋律，写下总谱、配器及各声部的分谱。由上影乐团管弦乐队的同事们演奏，完全根据影片音乐的速度、节奏，按给电影配乐的要求重新演奏，终于圆满完成了任务，解决了这部影片译制中的大难题。

这是一项十分艰巨的工作，而且当时是在“文革”中期，陈传熙先生还承受着一定的政治压力。他的专业水平、敬业精神让人十分感动。曾听我从事音乐工作的老伴说，陈传熙先生是音乐界少数几个有名的“好耳朵”之一，听力出众，无人不晓，这次我算亲眼看到了。由衷地敬佩这位前辈音乐大师！

老邻居『美影厂』里的双胞胎『万老』

我进上海电影译制厂工作是在 1960 年。那时上译厂和上海美术电影制片厂早已是在一个大门内的邻居了。同一个传达室,同在一个食堂吃饭,共用图书馆,共用一个电话总机。美影厂有好多位从美术学院毕业的青年人,都是业务上的骨干、精英。大约比我稍长几岁,其中有好几对小夫妻。看他们相依相傍一起上下班,亲热地一起在食堂吃饭,我很羡慕,还曾对我丈夫(当时还未结婚)说:“要是我们在同一个单位上班多好!”

听说美影厂的“万老”是了不起的动画片专家、权威,我自然就注意“万老”其人,他是个慈眉善目的长者,可从未打过招呼。

每天我坐公共汽车上班,途中常见“万老”挤上车来,可乘了两站往往发现“万老”又正从车下挤上来,我给自己的解释是车门口太挤了,“万老”是暂退下去让路然后再上来。后来我又发现,“万老”不是每天在同一个站上车的,有时在前两站,有时在后两站,我心想他到底住在哪儿呢?可以后我发现了更奇怪的事。有一次我在车上明明看见“万老”挤上了车,但过了两站却发现他又在下一个车站上排队等车。我大吃一惊,怎么回事?他明明之前两站就上车了,难道“万老”有分身术?这个谜很快就解开了。

原来是我孤陋寡闻,只知其一不知其二。美影厂有三个“万老”:万籁鸣、万古蟾、万超尘兄弟三人。老大、老二是双胞胎,长得极像,不易辨识,我这个刚进厂的小青年把二位当成一个人了。然后我发现“大万老”反而比“二万老”长相年轻些,这才把他们区别开来。我们尊敬地称万氏三兄弟为“大万老”“二万老”“三万老”,他们是美影厂的元老、功臣。

美影厂和我们厂合作很多,他们录对白也是用我厂的录音棚,常借用我们厂的演员去配音。我刚工作不久就曾给动画片《大闹天宫》中摘蟠桃的大仙女、木偶片《孔雀公主》中的婻麻喏娜公主配音,给当时艺术上很幼稚的我以很珍贵的学习、实践机会。

和美术电影制片厂为邻多年,直到1976年我们厂迁往永嘉路。

「试戏」

早就从前辈同事那里知道，我们上译厂有“试戏”的工作先例。这就是遇到一下子决定不了影片中角色由哪位配音更合适，或是同一个角色有几个演员都感兴趣，自告奋勇争取配音时，那就都试着配几段戏经大家讨论斟酌再决定由谁担任。我进厂前就有姚念贻、苏秀、赵慎之三位争取为苏联片《第四十一》中的女主角配音，经过试戏决定由苏秀配音。法国片《广岛之恋》中的女主角，苏秀、赵慎之都有创作欲望，最后决定由赵慎之配音，这已经是常例，没有争取到角色的人不会闹情绪，反而会用自己在准备过程中的心得体会来帮助同事尽快掌握角色，且都认为这是应有的工作态度。

我后来在工作中就经历了几次“试戏”。藏族演员表演的影片《农奴》来厂对白配音，有个女孩角色，李梓和我都试过戏，结果还是请了上影厂的宏霞来配音。由崔嵬导演、新疆演员表演的《天山上的红花》，女主角由李梓和苏秀试戏后决定李梓配音。墨西哥片《黄道十二宫》，经毕克、邱岳峰试戏，一个音乐家角色最后由毕克配音。苏联片《湖畔》则是李梓和我试戏后决定由我配音。法国片《巴黎圣母院》中的敲钟人卡西莫多经于鼎和译制导演时汉威试戏后决定由时汉威配音。这个角色台词很少但极有个性特色，时导的音色合适，几句词没几个字却配得十分传神，很是贴切原片色彩。这样的例子就不一一列举了。

当年我们的配音演员班子，老、中、青各年龄段都有。生、旦、净、末、丑声音色彩齐全。安排工作一切从影片需要出发，通盘考虑。印度影片《大篷车》确定配音演员时，据知老厂长陈叙一欲用于鼎、毕克这两位担任两个核心人物男主角的配音，而导演则想试着起用两位年轻演员。老陈问："他们俩会说北方相声吗?"导演一下子明白了老陈的想法。于、毕两位能熟练地带京味儿说相声，与片中要求非常合适。而两位年轻演员当年入行不久，且没说过相声，这方面尚需磨炼。要担当戏中要求这么高的角色配音，恐力有未逮，为时尚早。最后按照老陈的考虑，果然于、毕的配音十分出色，亦是此片上映后大受观众热爱的重要原因之一。

正因这种应当传承下去的优良传统作风，一丝不苟的敬业精神，才会有牢固的艺术凝聚力，才能译制出这么多经典的艺术精品。

从皮鞋厂找来的翻译家

那年头译制需保密的内参片，除了一个原片拷贝，并没有原文剧本及一切供准备工作的素材资料。首先台词剧本得靠翻译从原片一句一句地听下来、记下来，这可比按常例根据原文本的文字译成中文要困难多了，对翻译水平的要求极高。为了完成一些不同语种的影片，还经常得从外单位请来多位不同语种的翻译人员。老厂长陈叙一根据自己的观察曾说，他若听见翻译办公室内用外语七嘴八舌热烈争论不断，就较放心了，估计是听懂了原文对白在讨论如何编词呢。可有一次陈老头说："坏了，坏了！一两天过去了，办公室内没有大动静，别是听下来有困难吧？"剧本译不好，这任务怎能按时完成呢？我对这部戏印象较深，是因为这是我第一次为戏份这么重、台词这么难的女主角配音。台词老定不下来，我的工作本上改了又改，涂成大花脸了。那时我每天还得按时去给小儿子哺乳。时间紧张，对白刚背会又改，幸而当年我还年轻，要是现在，早急昏过去了。

老厂长当然比谁都急，这是一部苏联大导演格拉西莫夫的名片《湖畔》，翻译难度大于一般影片。其中一个人指着地图看着镜头说的一本戏（九分钟），台词精确度要求极高。曾从北京请来一位老翻译，可发现这位老人家耳朵有些背，和人对话尚且“啊？啊？”地听不清，让他听原片显然困难。老陈哭笑不得，怎么办呢？这时厂里一位工宣队老师傅突然建议，“有个下放到阿拉皮鞋厂劳动的俄文翻译，听讲原来是柯庆施的翻译，大概水平蛮高格”。老陈听了赶紧把那位在工厂里做皮鞋的翻译请了来，果然水平不错，把很多关键词都听了下来，终于和其他翻译人员一起完成了剧本。陈老头这才松了一口气。

这次虽把老厂长急得够呛，但总算峰回路转。后来这位翻译家和我厂的合作关系，一直延续至“文革”以后。

录音棚内不该出现的声音

录音棚得隔音，外面的杂音不能漏进来，棚内更须安静，绝不能出杂声干扰了录音。可有时却会出现不该发出的不和谐之音。试举例：吹哨——在实录过程中演员或导演会叫："嗨，吹哨了，重录吧！"怎么回事？因为演员念词时碰到声母是"shi""si"等音的字时，一个不小心会出现哨子声，通过录音话筒十分明显，很难听，当然不能通过。这时演员得注意发音时对口腔的控制及录音师的调控，重新再录。肚子叫——演员念词运气至腹腔某一部分时亦会不小心出现"咕噜咕噜"的肚子叫声。这经常发生在近中午快到饭点了，肚子空了叫唤要吃饭，也就是肚子饿得咕咕叫了。当然也得在录音中控制用气，尽量避免或干脆暂停，到食堂吃饭去也。

冬天如果穿着光滑的尼龙羽绒衫站在话筒前录音，稍移动时互相触碰会发出"沙沙"的摩擦声。对襟衣服上的硬质衣扣不小心碰到话筒下的小木架会发出“咔咔”的声响。这些平时不注意的声音，到了录音话筒前可就绝对是不该有的杂声了，都得避免。

有一次闹了个笑话，录音棚里出现了没出现过的“杂声”。当年有一部与香港合拍的影片来我厂做后期对白配音。按惯例，对白录音由我厂导演现场指导执行。工作进行了一段时间，副导演（记得好像是谢晋导演的长子谢衍，我们称他小谢导演）转达了该片香港老导演张彻想到棚里来看看对白配音的要求，大家当然同意。于是张导演被搀扶着来到现场，因他年纪大，身体欠佳，步履蹒跚，我们特地安排了一张靠背椅，请他舒舒服服地坐稳。配音继续进行。但过了一会，棚里响起了由轻到重的鼾声，寻声才发现老导演睡着了，打起呼来。这可是少有的不和谐之音，录音显然不能进行下去。大家忍不住想笑又不好意思，只得婉言请副导演把张老导演扶出去。也难怪录音棚里灯光较暗，又安静。每段对白又循环放映，有时反复录几遍，难免枯燥。这环境可不是给老导演制造了一个催眠的氛围吗？

旧录音棚发出声响的『西洋镜』

现在译制片录音技术设备非常先进，同时相应的大小音效素材十分齐全，对白配音后的后期合成就方便多了。我不太懂录音技术上的知识，可是知道当年音效素材可不那么齐全，尤其现场小效果声（脚步声、马蹄声、开关门窗声、打斗声……）都得由拟音员配合做出来，录音组就有几位专职拟音员。当年我就看到不少拟音用的东西。棚里有间四方形亭子般的小屋子，四面各装着木门、玻璃门、弹簧门、窗户，这是用来配开关、各种门窗的声音的。一条长木棒连着半个皮球，是配马蹄声的，若影片中马是在草地上行走，那就在地上铺些稻草。一堆底部软硬不同的鞋子，是配各种脚步声的。还有各种质地不同的锅碗杯盘，如此种种不一而足。当年我还很年轻，曾经很好奇地端详这些用来发出响声的“西洋镜”，并不停地问东问西，了解它们的用途。那时演员组的老同事大多是北方人，生活方言是普通话，而录音组的老同事大多是说上海话的，所以他们双方生活里交谈不多，而我是会说上海话的，所以打破砂锅璺（问）到底并不困难。我东张西望，发现拟音用具里有一副手铐，我贪玩地欲伸进手去试试，却被阻止了，并告知如果手拿不出来就麻烦了，会越抽手就越紧的，听得我赶快放下，一面顽皮地对他们眨眨眼，惹得录音组的大姐笑我：“格个小姑娘真好白相（沪语，“好玩”的意思），天真得来。”多年来我看到拟音员的辛苦操作，配刀剑打斗声时甚至跳起、蹲下，把膝盖都跌瘀青了（旧棚可是砖地）。每部影片做准备工作阶段，不但拟音员，还有话筒员、录音师等都和我们一起一遍遍地复对，和我们一样在剧本上记下片中每段戏的要求。我见过话筒员在剧本上画了很多记号，根据远、中、近景，演员声线条件，个子高矮，安排演员在话筒前应站的位置。操纵话筒杆（大家称它“钓鱼竿”）很辛苦，有老话筒员因此落下背部酸痛的职业病。这和我们配音演员常患的咽炎、咳嗽、嗓哑的职业病一样，都是当年工作中落下的后遗症。所以人们称配音演员为幕后工作，殊不知，身旁还有幕后人。

银幕上下

早年，从刚进厂坐在录音棚里学习、偷戏开始，棚里就有这样的“奇景”：银幕上影片中的大富翁、王公贵族住在豪宅里，华衣美食，而站在银幕下配音的是一群穿着洗得发白的旧外套，用现在一般穿着水平来看可称为“衣衫褴褛”的老爷们儿，他们站在话筒前却精气神十足，自信满满地念着台词，悉心投入地雕琢着他们心中热爱的艺术品——译制片配音。

有些人把我们配音演员和影片中人物的生活混为一体了，是不是也算爱屋及乌呢？我曾收到年轻姑娘的来信，托我在配音演员中帮忙介绍男朋友。还有人来信询问可否来上海学配音，表示愿意帮我们家干杂务，至于住处，“就睡在你家的厨房里好了”。我和我丈夫看了信不禁苦笑起来。当时我们一家四口住一间十六平方米的房间，一住就住了近二十二年，直到大儿子将高中毕业。十一户人家共用两间相通的厨房。

直到1985年才好不容易争取迁到永嘉路，虽然每天爬六楼累得够呛，但总算是改善了。那时演员组住房困难的可是大有人在。

当年婚期已近，可先生单位给的婚房尚未弄好。同在歌剧院工作的任桂珍大姐知道了我们的困难，而她正好要出国演出两个月不在上海，就把她住的那间房暂借给我们用。我先生由于任大姐相助，就暂租借了一段时间作为婚房。后来才搬到新华路这间十六平方米的房子。这房子虽不大却很温馨，在弄堂口第一幢洋房里。这条弄堂人称“外国弄堂”，是外国人造的。后来我才知道是美籍匈牙利建筑师邬达克设计的。我们房间朝东有个西班牙式半圆形小阳台。有同事开玩笑说，如果我站在阳台上，我先生在阳台下面拉小提琴，那可太浪漫了。实际上我们是从阳台上伸出竹竿晾衣服，有了孩子后，更是挂“万国旗”（晾尿片）！这是文化系统的房子，好几家邻居是我先生的老战友、老同事，基本都属音乐单位，我们是最年轻的一对。原先有一个四眼旧煤气灶，几户人家合用，可他们很友好地同意我们也加入合用。后来每家都装了煤气，沿墙排列着十一个煤气灶，很是壮观。厨房里有一个很旧的长条桌，是十一户人家公用切菜的，每次用完大家都自觉地擦干净，好像也没有发生过争论吵架的情况。当年多户共用厨房倒有个好处，可互相切磋厨艺，交流经验，多学会几种烧菜方法。后来搬进独门独户的住房，没了参考，反而想不出今天吃什么烧什么菜好了。这间屋子开始两个人住已觉不错，后来两个孩子出世就渐感拥挤了。夏天得有两个人睡地板，冬天晚上临时搭折叠床。白天餐桌书桌得让给孩子们做功课用,我要看剧本、做案头工作,就得把一块硬纸板放在膝上当桌子用(直到现在我都习惯于这样写,真是上海人说的“贱骨头”)。晚上孩子睡下了,我和先生才能坐在桌边做自己的事。有时先生演出未归我就凑着台灯在桌边默念剧本,有时情不自禁声音大了些会吵醒孩子。那次我念《恶梦》的台词,大意是:“我们没犯法,他们不能把我们关进监狱……”大儿子惊醒了问:“妈妈,你说什么关监狱?”反把我吓了一跳。另一次我念“来杯巧克力”,只听小儿子迷迷糊糊地问:“巧克力是不是给我吃啊?”真是啼笑皆非。

由于好几家邻居是演奏员、歌唱演员,所以经常乐声不断。住房虽狭小但颇有音乐气氛,楼下大提琴、钢琴,斜对门小提琴,汽车间里小号。在干校劳动时女宿舍隔壁是男宿舍,有上影乐团的小提琴、黑管演奏员晚饭后练习,他们虽加了弱音器,但隔墙还是听得到。只听旁边床铺上的女同事抱怨:“哪能介许多声音,烦煞脱了。”我听了她的话暗想,我怎么不觉得吵呢?噢,明白了,我家里也是如此,我已习惯那种音乐气氛了。

现在这幢房子早已是重点保护建筑了,老邻居都已动迁搬离,弄堂口已修建了高墙大门,上书“新华别墅”。经大装修现已是一家公司的办公处。前几年我故地重游,说明来意,公司的人知我是老住户,很礼貌地陪我浏览了一番。当年刚住进去时这一带还较冷清,现已成繁华地段,房子经过精心修整虽焕然一新,但当年的风格与气氛却不复存在了。每当我去上海影城,经过这里总会看一眼。

说说当年的『漏音棚』

我最爱的工作是在录音棚的话筒前录音。比起五光十色的舞台、热闹多彩的摄影场，灯光柔和、环境安静的录音棚显得单调多了。可在这里我感到最踏实安定，最能唤起我的语言表演艺术创作的激情。我喜爱这块艺术小天地。

有人问我，当年才当配音演员时，在那么破旧、条件那么差的录音棚里工作，觉得失望吗？说真的我可从未感到不满意，相反觉得十分亲切。据前辈同事们说，1950 年代上影厂翻译片组创业初期，工作条件还要简陋得多，现在已改善不少了。

万航渡路 618 号的旧棚是在三楼平台上加建的，棚门很厚、很重，用石棉、麻布包着以隔音。暑天录音时，因防杂音，不能用电扇，更别说空调了。每天由两位场工师傅用杠棒抬上一块很大的人造冰，放在一个大长木盆内，就靠它来降温了。两位场工要把大冰块从底楼抬上三楼半高的棚里，每听他们"吭唷……吭唷……"的号子声，就体会出他们是多么辛苦。大家把毛巾、水杯放在冰上以消暑之用。在每段戏实录完成的间隙，才能开开小窗户，打开风扇，对着冰吹一会儿，散发些冷气。但在棚里工作的演员、录音技术人员没有一个叫苦的，往往话筒下积了一摊汗水自己还未感觉到。

我当年投考就是在这个棚里，站在话筒前我却一点也不害怕，因棚里灯光柔和，前面也没有坐着一排让人紧张的考官（主考和录音师都在背后）。第一次通知我来试音是苏秀导演的越南片《同一条江》，我一进棚才初次知道译制片是怎么录音的。只见前面的大银幕上反复循环地放映着一小段戏，前辈老演员程引跟着画面在话筒前反复念同一句词："他们来找你了，今天晚上出海去。"我配一个只有几句词的小姑娘。当回放时我吓一跳，觉得不像自己的声音了。第二次试音是胡庆汉导演的苏联片《伊里斯顿的儿子》，两次试音我都没害怕。初进厂时，给那些戏少的群众角色配音一点都不紧张。可到了给戏份较多的角色配音，我站在话筒前却一下子小腿肚子抖了起来，又感到心都要跳到嗓子眼了。我用力拍自己的腿也不管用。又经过一段时间的学习、实践，奇怪，有一次配戏突然就腿不抖了！这过程看起来好像有些跳跃，可至今我也想不明白当时怎么会如此。

这个棚虽关得密不透风，但会漏音。不论大楼里任何角落有敲打声，都会通过固体物传声漏进棚里。厂对街有一家汽油桶厂，一家木材厂，他们有大些的响动也会传进棚里。有时好不容易录好一段戏，就因有杂声而报废重录。那时技术条件有限，录不了大回声，得在夜深人静时把大喇叭拉到平台上，利用外面的自然空间声。据老同事说，以前有一次深夜录大回声，按片中要求，需要高叫“着火啦”，声音传出，吓得周围居民和工厂以为真着火了，不一会消防车鸣叫着来救火了。录当年的内参片《生死恋》时，戏中需要在影片结尾前网球场的空镜头中，出现女主角夏子的画外音“对不起，球太高了，高了，高了……”按原片要求，声音必须空旷缥缈，由近渐远，造成一种空灵的气氛。当年的技术条件无法一次完成。录音师让我在棚里录三声，中间留有间隔的“高了……”，然后再到技术厂混合录音时加工处理，可也只能尽人事了，效果总不如原片完美。当年很多经典译制片就是在这样的条件下完成的。现在回想，我当年并未因为录音棚环境、技术设备差带来工作上的干扰、困难而抱怨、不满，而是和老同事们一起同甘共苦，与各部门一起攻坚克难，完成一部又一部译制片。直到1976年迁厂永嘉路，录音条件才得以改善。

忘不了的是录音棚话筒下面那个小木架，我们录音时都站在它后面，同事们昵称为“审判席”，因为很像电影中法庭上犯人站的地方。演员录音时还常会用手扶着它，就像抓住一个可信赖的老朋友的手，心里有了依靠。退休后我第一次进虹桥路广播大厦的新厂做《魅力人声》节目，在新厂宽敞、技术设备条件先进的录音棚里又见到了这个小木架，真像见到多年未谋面的故友，情不自禁跑过去一下子抱住它。从我刚工作到退休，这个小木架一直伴着我，见证了我一步步成长。事隔多年又见到它，万般滋味涌上心头。别来无恙，我的老朋友！

墙内开花墙外香

译制片配音演员从事的声音形象再创作，本来就是幕后工作，没有银幕上人物的光鲜。我们一开始就明白这些，未想以此图名图利。但由于热爱，痴迷这个事业，投入了全身心。1950年代，也有观众关注译制片配音艺术（包括当年还是学生的我），可远不如后来那么热烈。我刚开始工作时亦曾收到几封观众来信，有一位甚至关心我们的生活。当年结婚登记了一段时间，我先生的单位还未分给婚房。有位观众来信愿意帮我们租房解决困难。不知这位朋友怎么得知的，我表示感谢，但素昧平生，当然不能麻烦人家。

至于后来由于天时地利人和，译制片一度成为人们关注的焦点，配音演员的工作广为人知，这是我们始料未及的。怎么会这样受欢迎，可说是“歪打正着”，这得从译制内部参考片说起。

1960年代末，我们在电影干校劳动，工宣队明确说干校是大本营，是基地。突然有一天我们被调回厂，被慎重告知要我们完成“无产阶级司令部”交下的保密任务——译制内部参考片，并宣布了保密纪律：不准说片名，只用代号（特字几号，内字几号等），剧本和特许我们借阅的名著不许拿回家，更不准对任何人（包括家里人）说我们在干什么工作。由于任务紧、周期短，开始有一段时间必须住在厂里，在办公室打地铺，日夜连轴转，一周回家一次。直到天冷无法睡地板了才准回家住。内参片不挂字幕，不打工作人员表，不对外公映。别说名利，且还担着政治风险，还必须对这些“资本主义大毒草”影片进行批判，以“肃清流毒”。有一次，一位同事不小心随口哼了几句影片中的曲子，被军宣队不点名地严厉批评。虽然我们明知这些戏不会公映，但有机会再从事自己热爱的工作，没有中断艺术专业，比起电影干校中由于“文革”浪费了艺术青春的同仁们来说真是幸运多了，是不幸中之大幸，这一干就陆续干到“文革”结束。

1976年，我们厂从万航渡路618号迁入永嘉路383号，之后又译制了许多脍炙人口的经典影片，部分内参片也公开上映了，例如当年日本电影周放映的《生死恋》（另三部是为赶电影周而译制的《追捕》《望乡》《狐狸的故事》）就是1970年代译制的内参片。

经过十年浩劫的文化禁锢，通过译制片的公映，打开了国人了解外部世界的窗口。当时娱乐形式的选择又少，广大老百姓如久旱逢甘霖。译制片的兴旺也带旺了我们这些在幕后工作的配音演员，一下子受到极大的关注。很多观众来信热情支持,亦和我们探讨一些艺术上的问题,也有表示想当配音演员的愿望。我们也偶尔会走上电视屏幕和舞台,于是好多人说我们是“墙内开花墙外香”,没想到就这么红火起来。

“文革”结束后恢复了停办十多年的“电影百花奖”,那是第三届(就是《小花》一片得奖的那次),我有幸代表我们厂去北京参加庆典。译制片并未设奖项,我很明确自己是个参加祝贺的嘉宾、旁听者,很高兴能去见识见识,所以很放松。可在北京饭店举行的晚宴上,主持人突然请我也上去演一段译制片台词,我措手不及,吓了一跳,我可什么都没准备啊,脑子一片混乱,我哪经过这阵势。最后只得七拼八凑念了一段,孰料台下反应十分热烈。本来每次跟大会活动去参观访问,我总是很轻松地看别人表演。可打从这晚后每次活动都要我也念一段,成了保留节目,我有点怯场。有一次,我躲在酒店房间里,外面叫“刘老师”,我故意不答应,想等大家出发了我再开溜,可最后还是被人“请”了出来。

经此一役,译制片台词表演被同事们予以加工带到了幕前。我也参加过几次,并在上海电视台的春节联欢等节目中走上了荧屏。但我最喜爱的还是录音。缺乏舞台经验的我,多次上台脸皮也渐渐厚了,和观众朋友们的距离通过媒体也拉近了,互动机会也多了。形容我们是“墙内开花墙外香”,真是再确切不过了。

其实,使我们“墙外香”还有其他渠道。被外界关注后,应邀参与语言表演录音工作的机会亦比以前多了起来。我不仅参加电台、电视台的广播文艺节目录音,还经常给各出版社(包括外地的多家出版社)录制各种形式的有声读物,那时还主要以盒带为主,每年总会录好几套。这与配音同属语言艺术创作,我同样着迷地热爱这项录音工作。我觉得在录音话筒前是我最踏实、最有创作欲望的时候,是适合我的地方。通过各种渠道声波的递送,这“墙内的花香”传到四面八方,和大家心灵相通。

以前我们偶尔也给国产片配音。1980 年代,随着“花香”飘到墙外,找我们配对白的国产片一下子滚滚而来,大多是外省电影厂拍的片子或内地与香港的合拍片,亦有些外国电视剧,这给我们开拓了艺术创作的道路,多了艺术实践的机会。有时也会被借到外面去配音。我就参加过北京电视台译制的美国电视剧《天使的愤怒》的配音,我非常喜欢这部由美国畅销小说改编的戏(之前录制过同名广播剧),可后来因此获得了第五届《大众电视》金鹰奖最佳女配音演员的荣誉,却是原来没想到的。

当年好多人想投考我们厂,那时还在舞校当歌唱演员的沈小岑也在其中。我厂虽未公开招聘,但不乏有人问津。有一次安排了几位年轻人来考试,那时已迁到永嘉路。那天几位年轻人正在演员休息室等候,我见他们都有些忐忑不安的样子,椅子又不够,就从别处找来几把椅子请他们都坐下放松些。没想到后来我收到了他们的来信,大意是“当时我们是有些紧张,您找来椅子给已不是孩子的我们坐下,我们心里很温暖”。这本是件再寻常不过的事,换了别人也会这样做的。但他们的信感动了我,感到很温馨。还有一次招考中的小事,我很少参与招考工作,所以特别记得那次我和伍经纬担任初试把关,就在演员休息室大阳台的里间。一位残疾青年坐着轮椅来到我们面前，我们仔细听了他的朗读，按标准，这位青年是过不了初试的。我写了张纸条递给小伍，建议让这位青年通过初试。后来我和小伍交换了意见，都认为应该鼓励这位青年，不让他自卑，初试就不通过会伤害这位残疾青年的自尊心。后来这位青年来信说，当时他就感觉到我们保护他自尊的苦心，虽未考上，但很感激。我衷心祝福这位青年人快乐、幸福，在适合他的工作岗位上做出成绩。

2005 年我应邀去中央电视台录制《流金岁月》的一期节目，同场还有苏秀、李梓、曹雷、童自荣。那天从下午一直录制到晚上天黑，我们欲上车离开，发现外面挤满了热情的观众，保安很辛苦地维持秩序。好不容易上了车，这时只听车外一个女声带哭腔高声叫我的名字。我下了车，见一位中年妇女正在央求拦她的保安："我妈是刘广宁老师的粉丝，现已瘫痪了，她叮嘱我这次一定要来和刘老师合影一张。"又求告保安说："求求你，我给你跪下了。"我赶紧走过去与那位女士合影，她才破涕为笑。我感到很安慰。

时光荏苒，直到现在，我们在各种场合仍感受到观众们的热情。虽然我们这些当年"开在墙内的花"，早已都成"老花"了，是广大观众朋友的支持，给了我们信心，才能仍从"墙内"发出一些"余香"。

我的工作与生活

近年来，有时我也应邀登台参加一些朗诵，这当然有利于丰富艺术实践，不过吸引我的还是电影配音译制工作。虽然录音棚里灯光微暗，而且为了避免杂声，录音时得小心翼翼不能随便乱动。与五光十色、热闹欢腾的舞台演出相比，那是单调枯燥多了。但是，就像《孤星血泪》中男主角的姐夫——铁匠乔那样，他在大城市里总觉得别扭，而只有在家乡的铁匠炉边才感到最自在；对我来说，也只有在录音话筒前工作时，感觉才是最自在、最良好的。难怪我的孩子常说："妈妈上班最开心了，因为她是去干她最喜欢做的事情。"我确是迷恋我的事业。

随着人们对翻译片的关注，很多人想知道，配音演员是怎么工作和生活的，有些人还加上自己想象的色彩。其实我们和普通人一样，也面临一般中年知识分子所共有的难题。艺术工作有其特殊性，也有不干这项工作的人所想象不到的困难。我和大家一样，一大早心急火燎，挤车上班，路上就如打冲锋一样，白天八小时，除配音工作外，还要学点业务。紧张时，手头两个剧本同时工作，就得加班加点。下班回家和爱人一起在几家合用的厨房里，先紧张地演奏“厨房交响曲”。晚上，收拾停当，还得看看资料、剧本，动笔做些案头工作。两个孩子要做功课，占满桌子，我常常是膝上垫一块硬板干事。爱人有时打趣说：“我真想用照相机把你这个样子拍下来。”就这样，还常被“妈妈，这道题怎么做？”“妈妈，我扣子掉了！”“妈妈，我踢球扭伤脚了”之声所打断。一间小房间已由两口变成四口之家，两个“猴子”正像雨后春笋般地蹿个儿，早有人满之“患”。天热时得有两个人睡地板。那位将初中毕业的哥哥虽是个娃娃脸，已比妈妈高半个头，需要大人分出时间来和他谈心了。至于那位将小学毕业的弟弟呢，脚丫子已和妈妈的差不多大。他还是个集邮爱好者，帮他收集邮票也成了我责无旁贷的义务。直到孩子们睡下后，我和孩子的爸爸才能坐到桌边干自己的事，属于我们的时间实在太少了。有时为了争论一个艺术上的见解，我们不觉声音大了点儿，孩子在睡梦中哼哼着提抗议了，看看闹钟，才意识到夜已深，也确实累了，不得不休息。因为明天一早，我们还要上班和送孩子们上学。

星期天很少全家出去玩。去年暑期本来答应带孩子们出去好好玩一天的。可是7月、8月两个月配音任务特别忙，又应电台之邀利用业余时间录制几个文艺节目，日程排得满满的。既然答应孩子总要讲信用。后来总算爱人挤出时间，带孩子们去公园玩了半天。他是搞音乐工作的，也够忙的。圈外人是否能体会文艺界双职工家庭忙里忙外是多么不容易，是否能理解有事业心的中年文艺工作者是怎样与困难搏斗而其乐无穷的？为了科学地利用时间，我现在看书、看戏、有选择地听广播也是为了艺术积累的需要，单纯为了消遣的情况对我来说几乎是没有的。

近来，外国片、国产片的配音任务挺多，现在又接连加班配三部戏。爱人有音乐会演出，可是两个孩子正面临复习功课准备考试。天平上生活和工作的砝码又摆不平了。怎么办？事在人为，我们当然不会气馁。只要在艺术上有所收获，能尽到文艺工作者的天职，虽然辛苦，也乐在其中。

原载 1983 年 1 月 2 日《南京日报》

心中的暖流

记得在我年龄很小的时候，第一次看的电影是美国动画片《白雪公主》，那时我还在上幼儿园大班。在这以前虽然听过这个美丽动人的故事，也看过这本图画书，但远不如看电影来得具体、形象、生动。直到影片映完，我还不想走，幼小的心灵完全被影片中的人物、情节牢牢地吸引住了。不过，感到美中不足的是片中人物说的是外国话，我曾孩子气地想过，要是外国电影里的人都能讲中国话那该多好，这样就能更仔细地看懂影片内容，不是更有意思了吗？

我第一次看到配音译制的外国电影是苏联影片《小英雄》，那时我小学还没毕业，我还清楚地记得是在学校里看的。面对银幕上外国影片中的人都说一口普通话，我心里真是又高兴又新奇。我对这两次看外国电影的情景记忆犹新，大概是因为一个人对自己接触任何事物的“第一次”，印象总是特别深刻的缘故吧。可当时我万万没想到自己后来竟然从事这项使外国影片人物说中国话的工作——翻译片配音演员工作。回想起这些，我心里总感到有一股幸福的暖流。

我热爱配音演员工作。的确，从事自己所热爱的事业是一种莫大的幸福，我也确实像着了迷似的爱着这个工作。走出校门来到这个工作岗位，至今已二十一年了，可这种感情在我心中至今不变。有人问，一个专业演员，怎么还有这种在某种程度上近似"影迷"的心情呢？但我觉得一个文艺工作者，对自己的事业非得有个"着迷劲儿"才行。

翻译片配音演员在工作中接触各种类型角色的机会很多，这有极大好处。但翻译片工作节奏快、周期短、准备时间少，这就要求演员在较短的时间内抓住角色的内在感情，并通过配音准确地表达出来。在这方面，和其他剧种相比也就更具有一定的难度。

每当我接到一个角色的配音任务，总是产生一种强烈的创作欲望，想尽力把每个角色的声音形象塑造好，以达到还原原片的目的。就每个配音演员的声音条件来说，可能有的幅度大些，有的小些，但无论如何，本身音色总有一定的限制。在担任各个不同角色的配音时，应根据不同的原片去理解、挖掘人物的内心世界，用自己有限的音色条件，从表现各个人物气质上着手，才能还角色以不同的精神面貌。如果只是以不变应万变，或只是机械地模仿，人物就成了没有灵魂的躯壳了。

我经常担任一些青年妇女角色的配音，有些人物是同一国家、类型相近的。随着担任配音角色的增多，一方面虽增长了一些经验，但在另一方面，避免千人一面和雷同之感的困难也相应地增加了。每当接到这样的角色，我就首先告诫自己，切不要图省事，也不可走捷径，必须扎扎实实地从头做起，细心分析每个人物的不同之处和共同之处。

例如，同属墨西哥影片《冷酷的心》中的莫尼卡和《叶塞尼亚》中的露易莎，同属美国影片《恶梦》中的卡茜和《鸽子号》中的帕蒂，同属喜剧片的《古堡幽灵》中的夏洛蒂和《大独裁者》中的海娜，还有同属日本影片中的好几个少女类型的角色，等等。她们之间有共同点，但根据原片所赋予的不同色彩，每个人物性格也各有特点。这就需要配音演员抓住这些，循着原片的创作路子、表演风格，在声音形象上再现不同人物的特色。

近一年多来，我还担任了一些国产故事片的配音工作，如《天云山传奇》中的冯晴岚、《胭脂》中的胭脂、《沙鸥》中的沙鸥等。这些中国青年妇女角色同样不仅有其共性，而且由于时代背景、影片主题、人物性格色彩的不同而各有特色。这与翻译片配音的要求虽有不同之处，但在深刻理解原片、摸清角色内心世界的来龙去脉这一基本点上却是相同的。从事配音演员工作，使我尝到了其中的甘苦。正因如此，我对这个事业才越来越感到亲切。在艺术道路上每跨前一步都很艰难，必须有个虚心学习、勇于实践的老实态度才行。我愿下这个功夫，而且乐在其中，因为只有这样所得到的收获才是巩固的。我将永远遵循这一点，始终不渝。

原载《河北银幕》1981 年第 7 期

1980年代初接待日本影星栗原小卷(左三)、吉永小百合(右一)

2016年5月12日与栗原小卷重逢于上海锦江北楼

1980 年代中期法国影星阿兰・德龙(左四)来厂访问

1980 年代中期好莱坞影星格里高利・派克来厂访问

1986年6月21日在黄浦江游艇上与日本影星高仓健(后排左四)、吉永小百合(前排中)等合影

1986年6月21日和吉永小百合摄于厂录音棚

1980 年代中期外宾来厂参观交流

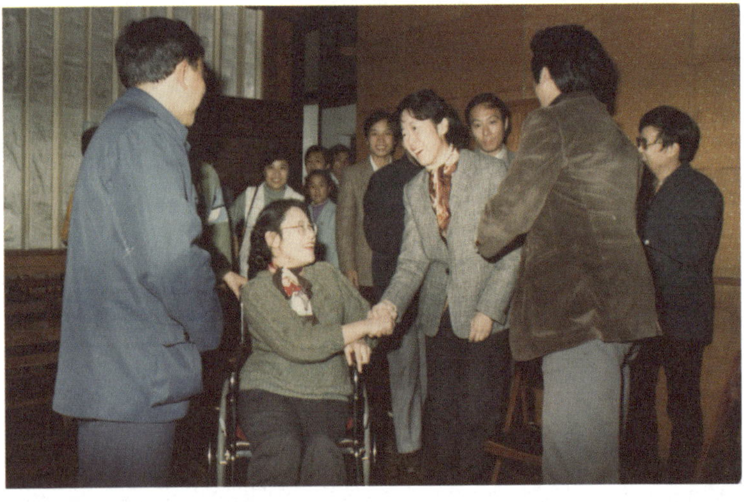

1985 年 11 月张海迪来厂访问

我爱这一行

我第一次看的翻译片是苏联影片《小英雄》，由我厂的前身——上海电影制片厂翻译片组配音。当年看这部影片的情景我至今还清楚地记得……

那还是上海解放初期，我小学还未毕业，一天，学校大操场上放电影，天还未黑，我们就挤在操场上席地而坐，焦急地等候着电影开演。正前方挂着一大块像白被单似的简陋银幕，晚风吹得它一动一动的。我刚看过《团的儿子》这本书（《小英雄》就是根据此书改编成电影的），动人的故事使我迫不及待地想早些看到这部影片。电影开映后，不但内容一下子把我吸引住了，而且使我大为惊奇的是，怎么这些外国人都说一口普通话？每句话都能听懂，影片内容就更可以看明白了。同学们也都发出了惊异的赞叹声，尽管风吹银幕使得画面不住地晃动，大家也不在意了。这是怎么回事呢？后来看了电影杂志上的介绍，才知道是由中国演员配的音，也知道了为外国电影配音在1949年后才有的。上了中学，特别是进了高中后由于学习紧张，光顾电影院的时间少了，可我还是利用假期看了一些外国电影，如《王子复仇记》《奥赛罗》《第十二夜》《流浪者》等，使我渐渐对翻译片配音有了进一步的了解，我觉得这个工作真有点像和外国演员唱双簧。可是，那时我怎么也没想到，十年后自己也成了个配音演员。

现在，我从事配音工作已经二十三年了，深感要干好这个和外国演员唱双簧的工作真不容易，可不像当年看外国电影那么轻松好玩。也许因为我生性好静而不好动，这个与欢腾热闹的舞台或摄影棚相比，似乎显得枯燥单调的录音棚话筒前的工作，对我却有极大的吸引力。在那里，我的思想好像长了翅膀，飞到自己配音的角色所需要的境界中去，并沉醉其中，这时我的内心世界是充实的、满足的。年复一年，工作中浸透了我的汗水、甘苦、欢乐与烦恼。尽管岁月流逝，但我对这个事业的感情却越来越深厚了。

近年来，广大观众对翻译片十分感兴趣。翻译片受到大家这样热烈的欢迎和关注，这使我一方面感到高兴，另一方面也清楚地看到自己的不足。观众对我们的要求越来越高了，我对自己的要求也得加码才行。我不是个聪明机灵的人，只能"笨鸟先飞"。在配音演员队伍中，我属于上有老一辈演员，下有小一辈青年演员的所谓中年代，可是很惭愧，我没有真正起到这个承上启下的作用。

有人问我，哪一部戏是我在配音上认为满意的或成功之作。说实在的，我所配音的角色中，有些确是我自己较喜爱的，至于说，自己配音上十分满意的影片可以说一部也没有。这绝非谦虚，是真话。但我既然热爱自己的事业，就得勇于克服前进道路上新的困难，我是多么希望今后有多解几道艺术上难题的机会呀！旁观者清，观众是我的老师和检验员，希望大家经常对我的配音工作提出意见。

原载1983年某电影刊物

1979 年参加电影百花奖活动
上图：与刘晓庆交谈，后立者为谢添
下图：与陈冲等游览长城

1979 年参加电影百花奖活动与老导演凌子风

1983 年参加文化部优秀影片奖活动与童自荣（左一）、沈丹萍（左二）、杨成纯（左三）

1983 年参加文化部优秀影片奖活动
上图：与斯琴高娃（右二）、万琼（右一）
下图：与朱时茂（左一）、丛珊（右二）、杨成纯（右一）

1985 年参加第五届影代会与谢添

1985 年 2 月于广州白云宾馆《羊城晚报》答谢宴会上与姚锡娟（前左）、杜熊文（后左）、祝延平（后右）、王海萍（前右）

1985 年参加电影金鸡百花双奖活动
上图：与夏衍老
下图：与导演谢晋

1985 年参加电影金鸡百花双奖活动
上图：与王玉梅（左三）、乔榛（左一）等
下图：与龚雪（左三）、吴玉芳（右三）等

1985 年参加电影金鸡百花双奖活动
上图：与徐桑楚（前右三）、汪洋（前左一）、陈强（前左四）、祝希娟（前左三）等
下图：与吕晓禾（左二）、叶苞蓓（右一）、乔榛（左一）

1986 年参加云南电视台同老山战士春节联欢节目
上图：与张桂兰（左三）、童自荣（左二）、程晓桦（左一）
下图：与关牧村

1987 年参加《大众电视》金鹰奖颁奖活动

上图：与张永联（前右五）、朱琳（前右四）、邓婕（前左四）、尤小刚（后左二）等

下图：在茶话会上表演节目

1990 年代初与英若诚在香港裕华国货公司画展上

1993 年 10 月 20 日与梅派名票包幼蝶于香港

1997 年与陈燕华（燕子姐姐）于香港

2002 年 11 月 10 日与孙道临于香港中文大学校外课程部

2013 年 10 月于贵都克勒门之家与秦怡、陈钢、长子潘争

2014 年 1 月 19 日于国家大剧院与季冠霖（左一）、童自荣（左二）、李立宏（右二）等

2015 年与白桦、王蓓夫妇

2016 年 8 月 13 日，携长子潘争（左一）、孙女潘凌逸（左二）与嵇东明（左三）、陈雷（左四）、朱刚（左五）、陈钢（右五）、凌峰（右四）、阎华（右三）、赵津羽（右二）、林明杰（右一）等参加克勒门文化沙龙活动（林秉亮摄）

艺海求索

译制片是一个剧种

有些人说，现在懂外语的人多了，不用翻译就能看懂外国影片，所以这些人只要看原版片，不需要看译制片了。这话虽非我直接听到，而是间接所闻，却唤醒了我记忆中的一个直觉。当年在译制片辉煌的年代，影院放映译制片，也放映原版片，更有专门放映原版片的影院或场次。观众各取所需，从未产生矛盾。再者一线大城市如上海，早年就是华洋杂处，懂外语的人较多且水平普遍较高。需看原版片的白领也会爱看译制片，反之也一样，向来没有互相排斥，是可以并存的。

译制片是个片种，但更像是一个剧种。老前辈创业之初的目的就不是仅为了“看得懂”就行了。参加工作之初，我记得谈戏时是把剧本细分成章节来准备，真是“掰碎了”来研究讨论。戏中台词不是只填满口型，而是要尽可能贴切原片。例如，酒店、饭店、宾馆要区分，国王、皇帝、大王要辨别。遇到有疑问的专业名词一定去有关单位加以确认、询问，从不马虎。老厂长陈叙一精通英语、汉语，他会把一些台词转译、编辑得要能用汉语表达原意，而非机械地完全直译。记得当年有位刚大学毕业来厂工作的青年翻译，曾因为一句台词的转译有不同见解而翻着字典与陈老头争论。现事隔二三十年，那位翻译也已退休了，谈起此事，他早就心悦诚服地理解了老厂长的用意。在准备工作中，导演、演员亦会集思广益地出点子。忆起当年一部外国电视剧中，有个没文化却吹嘘自己博学的角色有句台词："我读过罗马帝国的衰亡。"编词时，故意把"罗马"译成"罗瓦"，我提了个小建议，把"衰亡"也改成"哀亡"，这更突出这个角色读别字的效果，又符合汉语表达，让观众听得更明白。这种事例在老同事们中也屡屡可见。

而后配音演员必须尽量理解原片，紧紧抓住原片角色的内心感情节奏，要看作为自己扮演的角色配音，精心雕琢角色的声音形象，这是一个再创作。我们是把译制片作为一个剧种来钻研的，准备工作的时间往往比实际录音的时间还多。现在参加任何录音、朗诵、演出，我们也必须做好充分的准备功课才投入实际工作，多年来这已成了习惯，觉得是应有的工作态度。

探索与体会

——译制片配音艺术浅谈

有人说，译制片配音演员在中外电影文化交流方面起了桥梁作用。为了使我国广大观众看懂外国影片，为了把一些外国影片更好地介绍给中国观众，就需要电影译制工作者，包括配音演员，通过自己的艺术劳动，努力完成这一有着重要意义的工作。配音演员的任务，就是要通过语言艺术的运用，给外国影片中的角色以声音形象上的再现。用我们的行话来说，就是要从忠实原片这个基点出发，来达到还原原片的最终目的。

当然，译制片是个综合艺术，需要翻译、导演、录音师等不同部门的人共同劳动，紧密合作。这些部门有机地组合在一起，是个缺一不可的整体。今天仅从配音演员工作的角度出发，谈些个人的粗浅体会。

配音——这确实是翻译片译制工作中的一个重要环节。

因为在各个部门做了大量准备工作后,最后的具体体现是由担当对白配音的演员,通过自己的语言艺术——台词表演,去完成塑造人物的声音形象这一任务的。这第一线的艺术劳动,对译制片的艺术质量,起着重要的作用。

影片中的语言,是作家、艺术家用以体现人物心灵的重要表现手段之一,但对配音演员来说,则是把原片人物的内心世界提示给观众的唯一手段。我们配音演员要用语言,也就是剧本中提供的台词来塑造人物的声音形象,尽量使之靠拢原片,贴切原片,差距越小越好。这是一件细致而复杂的工作,做好它不是件容易的事。

在接触原片剧本、了解影片有关资料的同时,就应开始进入反复对照原片的准备工作。我认为,为了还原原片,首先就应当深刻理解原片,善于向原片索取,并要懂得向原片索取什么。因为配音演员的创作一定要紧随原片的路子,决不允许脱离原片自行设计一套,因此就必须学会从原片中寻找塑造声音形象的直接依据。为了尽可能完美地还原原片,这种依据越多、越充足,就越好。要做到这一点就必须根据不同的影片,从多方面去寻找、去索取,而且要紧追不舍,毫不放松。

影片人物的语言处理、台词表演并非孤立地存在,它必然和形体表演,和影片的内容、风格相互关联,是有机地融为一体的。语言上如何表现,往往是一定的动作表情产生的必然结果。什么样的动作表情和什么样的语言,往往是不可分割的。这一点在实际生活中也是统一的。

还有,人物的眼神也是不可忽视的一个方面,它是演员表演的重要部分。所谓“眼睛是心灵的窗户”，特别是有些演员的眼神运用有其独到之处，从这扇“窗户”里，可以探取原片角色心灵深处的活动。

从原片的音乐气氛中也往往可以得到很大的启发和感染。电影音乐是作曲家配合影片内容而创作的，它随着影片情节、人物感情的起伏而跌宕，起着不可或缺的衬托作用。配音演员有时可根据原片音乐激起感情上的强烈共鸣，借助于音乐把自己带入角色规定的感情境界中去。

当然，从原片索取的方面还不止这些，就不一一列举了。综观以上，其目的就是为了找出原片人物的情感线，尽量挖掘原片角色表演的原始依据，化为自己的创作意图，来设计声音，运用语言，把充沛的感情注入自己的台词表演之中。这样才能紧紧抓住原片所提供的东西，进行声音形象上的再创造。我认为这是一条还原原片的可靠途径。

实录以前，要把影片分成一段一段，反复循环放映数次，以此结合原片进行准备工作。这时是向原片索取依据的最好机会。在这一遍遍的重复放映中，在对口型、找节奏、进行排练的同时，仔细注意原片演员表演的细微之处，反复琢磨其表演分寸及语言起伏。不仅眼、脑的反应要敏捷，而且手要勤快，把从原片所得到的启示，在记忆最鲜明时，随时记录下来，并进行初步分析。我感到通过这一步工作，对如何着手设计语言起伏、声音运用、台词点送方面，在自己的心中就有了一定的底。有了这个底，就感到踏实多了。

接着，就要把这些向原片索取到的第一手材料，和阅读影片有关资料，及导演谈戏、创作人员之间交流所得意见结合起来，在进行案头工作时精心整理，得出一个完整的构思，也就是说循着原片人物的思想感情逻辑，把人物声音形象的设想在自己心中合理化。下一步就要通过声音运用、语言点送等方法把人物的声音形象再现出来，即进行影片的对白配音。

下面就以我担任配音的一些影片为例来说明。

墨西哥影片《叶塞尼亚》中的妹妹露易莎，是个天真善良、温柔开朗的姑娘，她的声音轻快而流畅，在配音过程中我是这样掌握的：她在爸爸、外公面前撒娇那几场戏，我是从表现她娇憨可掬、天真烂漫方面着手，而不夸大成大肆使性子和过分撒娇。在和奥斯瓦尔多初次见面，她说骑在马上的那人的神气活像“大灰狼”那段对白，我不强调表现她的看不起人，而是从抱着小姑娘家可笑的成见，故作不屑一顾的语气出发。还有，露易莎表示就算迷信也坚持要外婆陪她去找吉卜赛人看手相时，我也不过分渲染她的任性，在语气上从表现她的好奇心来处理。而且以上这几场戏的念词都要如蜻蜓点水，轻轻点过，不要过分渲染，才能恰如其分地掌握露易莎傲慢而不过分、任性而不讨厌的分寸。再者，后来在爱情矛盾中露易莎不沉浸于痛苦中，勇于自拔，决定高高兴兴地成全姐姐的那几场戏中，她的语言也不露过分的伤感，只在个别地方稍露一点，即行控制。我认为，这样，露易莎这个人物声音形象的再现，才是比较完美的。

就是同一国家、年龄相同的角色，如日本影片《生死恋》中的夏子、《吟公主》中的吟、《白衣少女》中的亚沙子，虽都是日本少女，但由于原片赋予的性格色彩，以及影片的时代背景、内容和表演风格的不同而各不相同。因此，在配音时就必须抓住这些不同的特点。

夏子和吟公主同样对爱情热烈追求,但表达方式不同,语言习惯和语调运用也不一样。

夏子是个受过高等教育的现代女性、大家闺秀,她对爱情的追求炽热而固执,感情外露。处理这个角色的声音要尽量娇柔、开朗,音色可运用得甜润、飘逸一些,故意走高调门,也就是用自己声音中较高的部分,点送要清晰而轻柔。当夏子意识到大宫是因为爱自己而要求外出工作,以此作为逃避时,她紧紧追问大宫:“就是说你很喜欢我,所以才逃避我,是吗?”我把“逃避”两字稍用些颤音,又把“是吗”两字的尾音轻轻向上挑一下,以表现她被终于来到的幸福扣动着心弦,又似乎一下子还不敢相信的惊喜心情。还有,大宫闻夏子死讯而赶回,进院子后看见夏子飞跑着迎上前来说:“你回来了!你回来了!你终于回来了,我一直在盼着你。”我把前两句声调提高,有如对爱人回来发出兴奋的呼唤,把“你终于回来了,我一直在盼着你”念得节奏和缓,温柔而甜美,把“盼”字顿一下以倾泻感情,把最后那个“你”字稍稍拖长一些,而且适当加些虚音。这样把声音、感情互相配合运用,以表现夏子的思念,以及因情人终于回来而出自内心的欣慰和甜蜜之情。

吟公主则不同,她也是受过教育的大家闺秀,但她是数百年前的人物,性格外柔内刚,一举手一投足都有着时代特征。语言的外在起伏不大,人物外貌娴静而持重。对爱情的追求是内心炽热但不过分外露,感情表达内在而严谨,声音处理要用走低调的路子。一开始,吟和高山右近分别五年重逢,对坐小酌,吟说:“家父早已把我许配给右近大人您了,我……怎么能再嫁给别人呢?”吟说这番话时,不像夏子以热烈的目光直射对方,而是半低着头,羞涩地微笑着,仪态大方而又故意半真半假,似是不经意地说出来的。念词上我是从稳重含蓄的调子出发,节奏也相应地慢而柔。在吟拒绝丰臣秀吉的威胁逼迫时,不是用强烈高昂的言辞来表示反抗,例如,吟说:“我真不相信这话出于陛下之口……千利休,决不会因为怕死而把女儿送到您的身边。”讲这些话时,要语调平静,声音不高而从容不迫,一字一句沉稳有力,才能表现吟那种不畏强暴的高尚品格。

而《白衣少女》中的亚沙子又和以上两个角色不同。她和峰雄相爱后,两人的感情充满着童心未泯的浓重的孩子气。亚沙子常用充满稚气的目光看人,她的语言表达不像夏子那样缠绵悱恻,也不像吟那样沉稳内在,她的念词应是干脆直率,尾音扎实,不用虚音,甚至有时还有点男孩子似的愣劲儿,声音就要力求以朴实、本色为基础的柔和,切忌故意做作、修饰。

有的角色在影片中不同的规定情境下,声音的处理也要根据情节发展而有所发展。例如,日本影片《望乡》中的青年妓女阿崎这一角色的语言,声音处理大致可分三个阶段。

第一阶段:开始,她还是个十四五岁天真纯朴的农村小姑娘,因家贫无以为生,被骗去南洋,她满以为可以去国外做工,寄钱回来以摆脱家贫的困境,因此是兴高采烈地对哥哥说话。这时,我尽量把声调抬高一些,节奏明快,尾音高挑,吐字敏捷,以表现她年幼无知,对未来充满希望的心理。

第二阶段:阿崎和竹内秀夫初次见面是个重场戏,这时她被骗进妓院，沦入烟花已五年，身心备受摧残，近乎麻木了。语言带着明显的妓女的职业性，声调尾音下沉，略带低哑，即使她对竹内开始有了好感，问话中还是未脱这个语气。直到竹内说自己家养蚕破了产，阿崎突然完全脱去职业性语气，一反低沉的语调，似乎自语地问了一句："养蚕？"这一句台词的处理决不能单从外在模仿。我的理解是，阿崎从对方的话里一下子勾起自己对家乡度过的农村生活的回忆。这些阔别已久的农活对她是多么亲切、熟悉，而又似乎已成了遥远的过去，但此时此刻不期又闯入她的记忆中来，因而使她暂时跳出现实环境，触动真情，下意识地吐出"养蚕"二字。这以后，她听完竹内的身世，我注意到影片中阿崎的喉头略动一下，干咽了一口，嗓音低而沙哑地说了一句"怪可怜的"，我理解咽这一下是由于听了对方的话后百感交集，引起惺惺相惜的共鸣，要把涌上心头的复杂感情强咽下去。接着她又稍稍提高声调补了一句"我说你怪可怜的"，更完整地表现了"同是天涯沦落人，相逢何必曾相识"的强烈感情。

第三阶段：阿崎终于回到故乡，与兄嫂相见时，她完全一扫妓女的职业性语言习惯，而且已近中年，说话时完全是良家女正常而平稳的语气了。直至终于绝望而神态失常，声嘶力竭地大叫："撒豆子啦……"烂醉后伏在海边的那句问话："你是谁呀？"我用的语调是貌似平静，但声音空洞而沙哑，因为这时的阿崎已是万念俱灰、痛定思痛了。所以，要正确掌握原片人物在这几个不同时期的感情脉络，才能把语言、声音运用得恰如其分。

也有的影片中，同一个人物具备多方面的性格色彩。例如英国影片《尼罗河上的惨案》中的杰基，这个人物的感情幅度很大，因而语言上的起伏也很大，随之，在不同的场合，语言处理就有很大的不同。

出场时，她为未婚夫谋求职业，向有钱的女友林内特极力推荐，那大段台词要念得急切、认真，而且在恳求对方时还流露出一些谦卑的语气，以示她的痴情和真心。

到了谋财害命的计划开始进行，她时而装疯卖傻，时而一面胡言乱语假装酒醉，一面使眼色指挥赛蒙行事。为了掩饰自己，迷惑别人，她的语调是忽而放低嗓子，忽而提高调门，有时大着舌头拖腔拖调，但有时又断断续续、结结巴巴，充分地表现出她狡黠、诡诈、机灵的方面。

决定杀女佣人灭口时，又要充分显示她贪婪、凶猛、果断的一面。赛蒙问她是否给女佣人钱以封其口，她目露凶光地反问道："给她一辈子?!"这句话是从牙缝里恶狠狠地挤出来的。她拿了手术刀出门之前，又低低地说了一句："祝我成功吧!"声音不高，但念得扎实、有力，表示她主意已定，决心"背水一战"地干下去了，也说明了她是这个阴谋的决策人。

当阴谋完全败露后，她一反机警、干练的神态，变得目光茫然迷离，说话微弱低沉，如同垂死的羔羊了。她最后对波洛说的一番话，以及偷偷藏起手枪走向赛蒙时说的"你看……他总是要我帮助的……"等，都是无力地轻轻吐出，声音虚浮、空洞，因为她已失去一切精神支柱，完全绝望，决心自杀，已到了死前的异样平静了。因此，这个人物的语言的起伏是根据她多方面的性格色彩所决定的。

还有，同样的台词，出自不同的规定情境、不同的人物之口，念法也各不相同。

《望乡》中的青年阿崎、《白衣少女》中的亚沙子及美国影片《鸽子号》中的帕蒂，这三个少女的台词中都有对人说自己是“十九岁”这句话。阿崎是和竹内初次见面时，带着麻木、懒散的妓女的职业习惯语气说的，尾音下沉而拖沓，有着往事不堪回首之感。亚沙子在生日宴会和初次对峰雄谈身世时，都说了自己的年龄是十九岁，语调是故意往下走，但不拖沓，不沙哑，使人感到是小孩子故意学大人说话状，是个小大人在说话时的感情。而帕蒂是个典型的西方少女，罗宾问她多大，她说“十九……快二十了”，语调开朗向上，尾音高挑、轻快、直爽，显出人物说起自己年龄时那好胜而略带骄傲自信的饱满情绪。

所以，一切要根据原片出发。如果把夏子娇甜飘逸的语气照搬到亚沙子身上，把阿崎深沉、动人的读词方法硬套在帕蒂身上，那不仅不能得到预期的效果，而且会是画虎不成反类犬了。另外，有些影片人物的语言具有浓厚的喜剧色彩，如联邦德国影片《古堡幽灵》中的伯爵小姐夏洛蒂、卓别林主演的《大独裁者》中的犹太姑娘海娜，这两个角色由于原片是辛辣的政治讽刺喜剧，在语言习惯、声音处理上就应该抓住原片的特点，运用一些比现实生活明显夸张的表现手法，以体现原片浪漫主义的风格特色。

配音演员要做好自己的工作，除了要向原片直接索取，善于寻找塑造声音形象的直接依据外，还有一个必须做到的重要方面，就是注意平时的艺术积累，这也是一种不可缺少的重要索取。

由于我们配音译制的影片来自世界各国，接触的角色也是属于各个国家各种类型的人物，要深入理解这形形色色人物的感情，就需要从博览各种文艺书籍、资料来充实自己，化为自己的艺术库存。

我们有时会遇到根据名作家的作品改编的影片。我就担任过根据狄更斯的小说《前程似锦》改编的影片《孤星血泪》，和根据维克多·雨果同名小说改编的影片《悲惨世界》的配音工作。这时，阅读过这类原作就对我起了极大的帮助作用。例如，我在担任《悲惨世界》中芳汀一角的配音时，就受到这部名著和类似作品很好的启发和感染，并融入人物的配音中。在译制片配音工作中，有丰富的艺术积累和没有这种积累是大不一样的。有了各种知识积累和艺术修养，才能真正理解原片，就是说“不仅要知其然，更要知其所以然”，只有这样，才能从原片索取到真正有价值的依据，同时把日积月累的艺术库存，在必要时合理而自然地渗透到角色的配音中去。这样，人物声音形象的塑造才能达到入木三分，真正符合原片的精神。否则，只能是机械模仿，生搬硬套，即使口型准了，也是干巴巴不像片中人物说出来的，就会给人以貌合神离、似是而非的感觉。

除以上所述，一个配音演员还应善于从其他兄弟艺术中得到养料。我们看戏剧、电影，观摩音乐歌舞，听广播文艺节目，都不能把自己等同于一般的观众，而是要做有心人，有甘当小学生的态度。孔子说“三人行，必有我师焉”，钻研艺术，就非得有这种精神，要善于抓住机会汲取艺术营养。我经常从兄弟艺术中得到不少收益。当然，这些收益有时并不是立刻见效，马上就能用上的。但是需要的时候，这些库存就会闪闪发光，似乎在向我招手，供我选择、运用。

在录音棚进行对白配音工作的阶段是一个关键时刻。这时，要把准备就绪的一切自如地运用到实际工作中去。

在录音时，站在话筒前，面对银幕上重复放映着的画面，要尽量进入角色，把自己和所配音的角色融为一体。原片人物每一句台词的处理，就仿佛是我原来就是这样设计的。人物的感情既融化成了我的感情，而我又在驾驭、操纵着自己的台词表演和感情分寸。这时我好比一个驾辕人，所配音的角色就是我的马车，让它自如地按照我根据原片安排的逻辑路子稳步行驶。

同时，在话筒前，思想要高度集中，不要让任何杂念来干扰自己，心中只存在我自己和我的角色，这样才能十分冷静地一面听导演启发提示，一面自信地抓住角色的脉络进行配音。艺术大师斯坦尼斯拉夫斯基说："要爱心中的艺术，而不是爱艺术中的自己。"因此，不管角色的性格与我是否相近，不论我对角色的喜爱、熟悉程度如何，我都要用原片和平时积累所赋予我的依据去尽量掌握之，表现之。

近年来，在我的工作中增添了一个新的内容，那就是给国产故事片配音，这对我来说是个新课题。这一年多来，我担任了《天云山传奇》《胭脂》《沙鸥》《小城春秋》等片的配音任务，我也是用上述直接、间接两个索取方面来完成的。

例如，我在担任《胭脂》一片配音时，一方面从过去看过的原小说和类似的古典小说中找到人物的模特儿；另一方面还从戏曲中，特别是我从小就一直喜爱的京剧中找到很好的借鉴，有选择地吸收了一些京剧花旦的念白方法，适当地运用到台词设计中去，以突出人物的时代感，丰富人物的色彩。

以上谈的只是我个人在从事译制片配音工作中一些不成熟的体会，请同志们指正。

原载《电影艺术》1981年第9期

试谈配音演员在录音话筒前的交流

比起舞台演员、电影演员在舞台上、摄影棚里工作的具体情况来，配音演员在录音棚里的工作似乎“单调”“拘谨”得多。舞台、电影的表演有服装、化装、灯光、布景以及对手配戏、形体动作等多种条件相配合来加强现场的气氛，这些都是激发演员的内在情绪，帮助完成任务的重要手段。

而配音演员进入录音棚进行对白录音时，客观上却不具备上述种种条件。这时的工作环境就是前方银幕上反复放映着一小段一小段的原片，同一段戏的配音演员站在两个或同一个话筒前。配音过程中，要时时注意对准话筒方向，身体不能乱动，更不能做大动作，否则录出来的声音就不符合要求。借助于表达感情的动作多了一些，不小心碰着哪儿，出了一点杂声，那就得重新再录一次。所以配音演员在话筒前必须站在一定的位置上，表演的活动余地也是很小的。鉴于这些情况，配音演员在录音话筒前通过台词表演进行的交流和舞台、电影表演有相同的基本点，但也有许多因工作情况不同而独具的特殊方法。

录音时，演员必须注视着前方银幕上反复映出的原片画面，因为自己所担任配音的角色以及和自己演对手戏的配音演员担任配音的角色的人物形象和表演都在银幕上反映出来，相互搭戏的配音演员就得根据原片人物的感情节奏来对准口形，进行配音。因此，这时和自己互相交流的对手角色的人物形象虽是在银幕上表演的人，而念着台词和自己进行语言表演交流的却是银幕下站在录音话筒前的另一个人，所以此时自己的视觉和听觉从对手角色处获得的感受来自不同的方向。但为了配音工作的需要，就得把这两者统一起来进行交流，因而配音演员必须既眼观银幕上原片演员的形体表演，同时又耳听来自银幕下同场演员的念白，要把这个实际来自旁边的声音作为出自银幕上对手人物之口来感觉，主观上把眼、耳这两个感官所感受到的通过自己的设想统一起来，融为一体，当作来自同一方向、同一形象来体会。这样一来，和自己进行语言表演交流的对方在形体和语言上给自己的感觉就是个完整的统一体了。

再者，自己担任配音的原片人物形象形体表演是映出在银幕上，而担任角色配音的自己是站在银幕下的话筒前念原片人物的台词，这两者亦需要统一起来。首先，在准备阶段要尽量分析、理解原片音色的表演意图，在录音前，借助于表达感情的动作虽然只能限制在很小的范围内，但念每一句台词时，自己心里要有动作感，有充分的依据。就是说要把原片角色作为是自己扮演的角色来对待，当作是在给自己扮演的角色进行后期配音。这样就把银幕上的形象和银幕下的自己——即配音演员本人的声音亦统一为一个整体来感受了。

通过把同场戏的配音演员和自己所担任配音的角色在银幕上的形象以及银幕下话筒前的念白都统一起来以后，思路就清楚多了。有了这种自我感觉，就有了自信心，这样就能站在特定的话筒前，一面冷静地听导演的启发，一面和同场演员通过台词对白，自如地相互搭戏，相互交流，完成影片的配音任务。正像舞台演员热爱舞台上的工作、电影演员热爱摄影棚里的工作一样，配音演员站在话筒前就会感到十分自如、十分亲切，这时我沉浸在和我共命运的角色之中。录音棚里话筒前的表演交流，我虽然做得很不够，还有很多东西需要学习，困难也不少，但我要尽力做好，并继续为之而努力。

原载《电影介绍》1982年第9期

谈谈『马后炮』

我总喜欢反复地看自己担任配音的影片，每当发现自己在影片中某些地方的语言感情或声音运用控制得不恰当之处，我心里禁不住默默地对自己说："当时怎么这样念词，应该那样处理才对呢！"可是，电影配音也是一门"遗憾的艺术"，不像演舞台剧那样，这一场演出感觉到什么地方处理得不好，在下一场演出时可以加以改进。而电影配音一经最后录音结束，影片合成为成品后，就不能再轻易改动。如发现不足之处，亦只能在以后的工作中引以为训了。

我虽然给不少影片配了音，却常常感到遗憾，这虽然已是"马后炮"了，但我还是喜欢多看自己配音的影片，从中给自己"挑刺儿"，这几乎成了我的一种爱好。往往有这样的情况：配音演员在录音话筒前，有时会不能很准确地判断自己这段台词的分寸掌握得如何，对导演的启发也会有时不能马上领悟明白，这时，在旁边候场的同志倒能看出问题，这是否就是“当局者迷，旁观者清”的缘故？所以，事后多看自己配音的影片，可以有意识地把自己放在一个旁观者的地位，这对工作是有好处的。记得，在日本影片《吟公主》中有一段台词“……我尽力做一个忠实的妻子……”录音时，我把重音放在“忠实”这两个字上。影片完成后，有个同事对我说，按剧情需要是否放在“尽力”二字上更合适？我听取了这个意见，在重新看片时就特别注意了这段戏，我觉得那位同事的意见是对的。

在平时的业务学习上也可以采用“马后炮”办法，即所谓“哪壶不开提哪壶”，故意找出感到难念的台词，平时在下面多念，以此来锻炼口齿。因为有些台词在看剧本和默念时毫无困难，可是放声读时却发现某几个字放在一起不太好念。比如日本影片《白衣少女》中亚沙子有一句台词“……大量渗透酒味儿的钞票……”其中“酒味儿的钞票”几个字排列在一起念起来，舌头好像转动不自如，有些拗口。碰到类似情况，我就特意把这些词记下来，平时多念几遍。记得我刚工作时看到一些老同志把难念的词编成绕口令，作为业务基本功来练习，现在我也沿用了这个方法。

我还觉得，在一场戏录音出一个段落后，马上有意识地再回味一下自己在现场录音时所碰到的顺利和不顺利的情况，回忆一下导演的启发，我觉得也很有好处。例如，在意大利影片《父子情深》中我担任一个小男孩的配音，由于过去很少给这类角色配音，就特别得下功夫。在录音过程中有些戏自己吃不准，所以每录完一部分戏，不论是否满意，我都马上回味一下，感觉一下自己在人物声音、形象的塑造上有否走样。这似乎也是个“马后炮”，可也是很有用处的。俗话说“亡羊而补牢，未为迟也”。当然，我说的不恰当，不是说已到了“亡羊”的程度，但是经常注意补一补“牢”，多放点“马后炮”，在有针对性地总结、改进工作和巩固成绩这一点上，还是很有必要的。

原载《电影介绍》1982 年第 9 期

关于像外国人讲话

很多观众来信询问我的近况。自去年下半年，我因病不能用嗓子，好几部电影未能参加配音，自己较喜欢的角色也不得不忍痛割爱。一些热情的观众来信问："看了你们配音的外国影片，觉得真的像影片中的外国演员会讲中国话似的，那么怎么学这种外国人说话的外国腔呢？"

这个问题不是三言两语能说清楚的，但有一点可以肯定地回答，就是，没有什么固定的所谓"外国腔"。因为我们接触的是来自许多国家的影片——它们风土人情不同，各具有自己的民族特色、语言风格、时代特征，表现形式不一。翻译片配音演员就得通过台词表演，使人物的声音形象人各有貌，与原片形体表演相贴切，达到"神似"的目的。

如有的外国影片中的人物经过配音，口型的开闭是合上拍了，台词也正确无误，但总让人感到声音出自画面以外，不像从这个人物嘴里说出来的。出现以上情况就因为口型是机械地对上了，但是人物内在的感情节奏却没有合上拍，虽也用了某种腔调去念词，但却不是原片人物应有的语言气质和规定情绪。而脱离了这些，人物的声音形象就将是没有灵魂的。所以，对不同影片需作不同的研究，不能以不变应万变去沿用某种腔调。

我曾在相距不远的时间里，先后参加了两部日本影片的配音，这就是为《火红的第五乐章》中的伸子和《啊，野麦岭》续集中的爱子配音。在这两部影片中所配音的角色年龄相仿，都具有外形秀美、内在感情炽热的日本女性特点。但对这两个角色的语言表达的处理方法却不一样。伸子从音乐学校毕业后在乡间的小学里当音乐教师，她乐于干这种平凡而默默无闻的工作，她述说自己的心里话时是以一种平稳的语调，似在缓缓自语，即便是陶醉在爱情中时也是淡淡地流露，没有丝毫情绪热烈的外在表现，念词应如淙淙溪水，清晰而柔和，又如薄施粉黛般淡而恬静。爱子呢，是个出生在贫苦农村，反抗剥削压迫的缫丝女工。影片风格笔墨色调很浓，属于“味重”的戏。译制导演曾介绍有关影片拍摄的材料，提到影片导演山本萨夫严格要求演员表演吃山芋的动作要像当年的女工，为此扮演爱子的演员试了一遍又一遍，一连吃了四只山芋。进行对白配音时要按原片风格把戏做足，不要怕过分，爱子的感情流露需要色彩浓烈的表达方法，语气的起落要有所渲染、夸张，激动的情绪常常十分外露，这种方式可谓浓妆艳抹，色调鲜明。

以上这两个角色的台词表演风格，一个宜于“淡抹”，一个适合“浓妆”，就是根据原影片的不同要求而来。要尽可能使对白配音像原片中的外国人讲话，和原片形体表演相符合。当然，这和配音演员的艺术修养、理解水平、实践和生活积累是紧密相连的。

由于我笔拙，可能词不达意，希望能起到使观众们所提的问题得到一些解答，从中窥得翻译片配音工作情况之一斑的作用。

原载《电影介绍》1984 年第 4 期

一个配音演员的答复

不久以前，我接到一位年轻姑娘的来信，她为自己说话的嗓音和语气都不好听而感到十分苦恼，问我配音时是怎样模仿别人声音的？是不是吃药能使声音变得悦耳动听？她要求我在上海帮她买到这种药物。

这个问题确实使人难以回答。对于配音演员来说，要做到控制自己的声音和正确处理语气，单靠模仿或药物都是不行的，事实上根本没有这种简便的方法，我也从未走过这种"捷径"。俗话说，"勤能补拙"，我自从事配音工作以来，始终坚持通过朗读台词、锻炼口齿、学习练声等方法不断加强基本功的训练，在反复学习、实践中，一步一步地探索、前进。

配音工作是一项艰苦的创作活动。配音演员要塑造出符合原意、有血有肉的声音形象，首先必须深入挖掘与领会原片演员表演的创作意图，真正弄通弄懂人物的感情逻辑，这样，才能顺畅地从声音到语意上予以正确表达。如果没有把握住人物的精神世界和感情节奏，即便声音模仿得再像，也必然是干巴巴的，缺乏感染力，不但不动听，而且使人感到做作、别扭。

担任和自己音色条件相近似的角色，看起来好像很容易，其实不然，这时切不可掉以轻心，随意为之。因为尽管人物年龄相仿，但性格往往各不相同。如日本影片中的夏子、亚沙子、小雪、吟公主、理惠子，墨西哥影片中的露易莎、莫尼卡，美国影片中的卡茜、帕蒂等，她们有的感情热烈外露，有的含蓄内向，有的大胆干脆，有的拘谨安分，我们应该根据人物的不同年龄、性格、感情以及不同的影片风格，来确定角色的声音基调和念词风格，以创造出生动丰满、富有特色的声音形象。

有时候，自己的音色和担任配音的角色之间有一定的距离，这时同样不能单纯从声音上求似，仍应从抓住角色气质上着手，控制声音的修饰，设计读词方法。我在配《大篷车》中的吉卜赛舞女妮莎和《父子情深》中的小男孩卢卡时就是这样做的。虽然自己应在条件许可范围内使声音尽量接近原片，但切不可强求，主要的还是应认真研究、分析人物性格，努力从人物特有的气质上去靠拢角色。

总之，声音和语言是为表达思想、感情服务的，声音的运用与语言技巧的掌握，唯一的途径就是长期不懈地勤学苦练，多听、多思、多练、多实践，久而久之，自会有成效的。

原载《电影花丛》1981年第8、9期

1984 年 10 月 29 日在上海文艺会堂为演出音乐节目报幕

1985 年 9 月参加首届教师节活动

1980 年代参加文艺演出朗读译制片配音片断

1987 年 5 月 23 日第二届上海市小青蛙讲故事邀请赛与鲁兵(左五)、战车(左三)等担任评委

1989 年 6 月 1 日于普陀区少年宫

1999 年为香港普通话深造班讲课

2000 年 3 月 18 日参加香港第四届大专生普通话朗读比赛颁奖典礼

2010 年 4 月 17 日于上海影城上海影人欢庆上海世博会开幕式上

2012 年 4 月 20 日参加卢湾区打浦桥社区活动

2012 年 7 月 29 日参加上海图书馆六十周年活动

2014 年 4 月 12 日参加“海上心声”诗歌朗诵会

2014 年在徐汇区图书馆办讲座

2014 年 1 月 19 日参加国家大剧院奥斯卡经典电影配乐交响音乐会

参加白桦诗歌朗诵会

2015 年 12 月 3 日参加《安娜·卡列尼娜》读书分享会

2016 年 4 月在“海洋量子号”游轮上参加皇家加勒比国际游轮公司举办的“向艺术致敬——重温经典《生死恋》”的活动

一个角色的诞生

——为芳汀配音心得点滴

德意法合拍的彩色影片《悲惨世界》上下集，是根据法国名作家维克多·雨果的同名小说改编的，影片更集中更概括地表现了这部名著的主要内容。

我担任了片中由法国著名演员达尼埃尔·德洛尔姆扮演的芳汀这一角色的配音。

芳汀是个年轻美丽、热爱生活、渴望爱情的女工，不幸被轻浮的纨绔子弟所玩弄、遗弃，由于生了个私生女，为社会所不容，被工厂开除。迫于生活，走投无路，芳汀最后沦为三等娼妓，挣扎在社会最底层。这个人物的全部故事发生在影片上集，芳汀在影片中出场时已是陷于沿街拉客、贫病交加的悲惨境地了。然后影片倒叙她如何带着女儿离开巴黎，如何沦为娼妓，最后在病床上思念爱女直到绝望死去而结束。

在配音过程中我是从这个时间顺序来揣摸、处理她在不同境遇时的感情发展的。

芳汀带着孩子离开巴黎时，对人生还充满了希望，她感到生活中有波折、有不幸，但毕竟还是美好的，她要回家乡去重谋生路。在配她搭车及寄养孩子时的对话中，要表现出她觉得生活中还有好人，有信心生活下去，虽在独自沉思时心中也掠过她被欺骗、遗弃的不幸经历的阴影，但她说话的基调还是明朗向上的，既有少妇的娴静、柔和，又有母性的慈爱、温存。

到了芳汀在雪地里拉客，被抓进警察局，声嘶力竭地倾吐满腔悲愤时，她已被生活摧残、折磨得面目全非了。为了生活，为了养活女儿，她不得不卖头发、卖牙齿直到卖身，从她摔头套、露出缺牙、撩裙子的一系列动作上，可看出她已横下一条心。这场戏念词要放得开，声音尖厉而嘶哑，无所顾忌，这是她在痛苦的深渊中对社会、对法律的血泪控诉。

最后，当芳汀被市长所救时，躺在床上日夜盼望早日见到爱女时，已是个病弱得濒于死亡的人了。所以这时的声音要深沉、柔弱、纤细，唱摇篮曲时气息微弱，此时，如油灯将灭，充分流露出对五年不见的女儿的无比思念，使人潸然泪下。在配这场戏时，我竭力以这种感情为依据来帮助自己塑造人物的声音形象。当芳汀用生命的最后一丝希望，急切地等待女儿到来时，代表法律的沙威警长突然出现在她床前凶狠地宣布，正直善良的马德兰市长就是被追缉的苦役犯冉·阿让时，她惊呆了，她最后的希望彻底破灭了，奄奄一息的她，惨叫了几声不能再见的女儿珂赛特的名字后，饮恨离开了这苦难的人世。

我是初次接触这样的角色，难度较大。在我所生活的时代中，对这类人物很不熟悉，我就从原著及其他著作、电影、戏剧中找模特儿，以此来理解人物，在配音上尽可能再现原片人物的声音形象。初次尝试，深感不足，艺术上还需要不断突破。

原载《银幕与舞台》1981 年第 2 期

给两部英国推理片配音的体会

我曾为英国的推理影片《尼罗河上的惨案》中的杰基配音，最近又在《阳光下的罪恶》中为克丽斯蒂配音。这两个女人都是杀人凶手之一，可是性格各异，语言形象的塑造自然不同。

这两个人都是以伪装出现，用"障眼法"来蒙骗周围的人，以达到谋财害命的目的。可是她们在影片中的表现方式却不一样。杰基锋芒毕露，情绪上喜怒无常，起伏跌宕很大。而克丽斯蒂则外表温顺懦弱，郁郁寡欢。克丽斯蒂把自己的锋芒隐藏起来，以一个性情随和、窝窝囊囊的受气包的面貌来迷惑人。

克丽斯蒂在和波洛的谈话中谈到自己身体如何不好，不能晒太阳，有头晕病，又说由于她丈夫的浪荡行为她是如何伤心等。我对这段对话声音的处理是声调不高，语气平稳，像是在絮絮叨叨地对别人叙说，又像是自言自语，语言感情的处理要流露到一定程度即收敛住。例如她低声说："我要能装作没事，克制自己就好了……"说到最后二字，声音稍稍颤抖突然收住，由于背人流泪的伤感情绪一时抑制不住而一下子哽噎住，说不下去了……

克丽斯蒂和她丈夫一起出现在别人面前时，她总是表现出一副对丈夫不满而又忍气吞声、软弱无能的样子，对丈夫说话时她总是压低嗓子，嘟嘟囔囔地埋怨丈夫对她不体贴。

就是在她同丈夫吵架时也不能过分夸张地大吵大闹。这时克丽斯蒂的声调虽提高了些，但表示她忍无可忍的吵闹还是带着些哭腔，以恳求和埋怨的语气为基调的，气焰上始终比她丈夫低一头。这对夫妻在这场杀人阴谋中以相反的性格出现，相互配合得非常好。

在他们合谋杀死了阿伦娜，大侦探波洛调查此案时，克丽斯蒂又做出一副诚实无辜的样子回答波洛的提问。说话急切而又认真，吐词常常是用力地一句一顿，以表示她是在努力思索，回忆出事时她去什么地方、去干什么。有时甚至怕说不清楚而急得情绪激动起来，使人相信她说的完全是真话。

克丽斯蒂以上种种表现都是在演戏，但为了掩人耳目，又不要露痕迹，不能够让人感觉到是在演戏。因此在台词表演上不能做作，越真实自然越好，否则就显得虚假，不可信了。

当波洛最后点穿了他们夫妇串通一气谋财害命的勾当后，克丽斯蒂却从弱女子一反常态而成了一个麻利精明的女人。先是对波洛反唇相讥，及至到了她收拾行李将离开旅馆走下楼梯时，风度、架势及服饰打扮，前后判若两人。这时她撕下了假面具，说话不仅不再低声下气，而且语言节奏一下子变得十分干脆爽利。最后甚至以攻为守，趾高气扬地以挑衅的口吻说：“你们的戏演砸了。”这是她逃脱法网的另一手法。所以克丽斯蒂的语言色彩前后变化的反差很大，形成强烈的对比。

克丽斯蒂虽然和杰基一样都是贪婪狡猾、见财起心、谋财害命的凶手，但影片赋予这两个女凶手的人物色彩不一样，在配音时就得按影片提供给人物的不同先天条件，按不同的语言表演特点来塑造形象。

原载《电影与观众》1983 年第 2 期

小雪的感情特点

——忘我的爱

在日本影片《绝唱》中，我担任了小雪这个角色的配音。小雪不但具有大多数日本妇女温顺、柔和的共性，还有她自己独特的性格特色。她不仅朴实、本分，而且处处替别人着想。她的爱情是忘我的，她活在这个世界上，好像只是为了别人，为她所爱的人，甚至为此，还去爱她本来应该去恨的人。

小雪和顺吉两小无猜、青梅竹马，他们真诚相爱。当顺吉与父亲为此事闹得全家不安时，小雪担心的是，这样下去会妨碍顺吉的前途。她独自虔诚地祈求老天爷，如果要惩罚的话，就惩罚她一个人吧。顺吉冲破了封建势力的阻挠，终于和小雪一起像一对野鸽子似的飞出牢笼，用自己的双手过着自食其力的生活。小雪并不在乎没有举行过什么婚礼仪式，只是觉得顺吉为了她，每天太辛苦了，她深感不安，由衷地对顺吉说："什么时候抛弃我，我都情愿。"

以后，战争把这一对情侣拆散了。小雪一人含辛茹苦，积劳成疾。当她听到顺吉的朋友吉原带来的坏消息时，犹如晴天霹雳，心中万分痛苦，连站都站不住了。她不知这是老爷的诡计，以为顺吉真的来信表示听从父命，与她断绝了关系，但她还是毫无怨言，她觉得既然顺吉有信来，就说明他还活着，即使自己失去了他的爱，即使自己从此会处于更凄惨的境地，但只要自己所爱的人能够在残酷的战争中活着，她也觉得幸福。这些镜头和语言，都直接反映了小雪那纯洁、无私、忘我的爱情。

影片的最后，小雪在弥留之际的心情更加复杂。爱人回来了，而她首先想到的却是为无力再给所爱的人带来幸福而遗憾，接着她从心底吐出她在人世间的最后一句话："说真的，我至今还没有想到能成为妻子。"这表明小雪对人生、对爱情，并没有过分的要求，为了顺吉，她甚至连妻子的名分都不去奢想。她并不要高攀，只是希望过一个普通人应有的起码的生活。可就是这么一点要求都被封建势力和战争所毁灭了，她那感人至深的忘我的爱，终成为生离死别的悲剧。

影片中小雪的扮演者山口百惠是用素淡而柔和的表演来突出人物真挚、纯朴和忘我的爱情的，在配音过程中就要循着原片这个路子来定语言基调，抓住人物的这个特点，把她和其他具有共性的角色加以区别，进行声音形象的再创造。

实际上，在我们国家，也有这样的女性，她们声音的特点是柔而不修饰、不做作，字字念得干净、直爽，开口即是真情。运用这样的声音才能恰如其分地表现小雪忠厚、朴实的本色以及如水晶般透明的性格，使人一眼即可看见她心灵深处的美。小雪与《生死恋》中的夏子相比，有共同处，又有不同处。在忘我的爱情上她们相仿，但夏子是一个有钱人家的小姐，曾经是一个难以驾驭的小姑娘，所以她的声音就需要一些修饰。我想，只有从理解原片创作意图出发来设计人物语言，抓住它的特点，才能通过配音，尽量达到“还原”的目的。

原载《电影介绍》1981 年第 1 期

谈谈在《绝唱》《啊，野麦岭》中的配音体会

在日本影片《绝唱》和《啊，野麦岭》中，有两个名字相同的姑娘，她们虽然同名而且都是出身于贫苦农村，有着令人同情的不幸遭遇，但这两个人物所处的时代相距几十年，性格、身世、经历都完全不同。她们就是《绝唱》中的小雪（山口百惠扮演）和《啊，野麦岭》中的阿雪（原田美枝子扮演）。我分别担任了小雪和阿雪这两个角色的配音。

近年来，我为不少日本青年妇女角色配音，这些角色是由具有不同表演风格、不同形象的演员扮演，其性格、语言、声音各有所异。作为同一个配音演员，基本音色条件无法改变，有一定的局限，但在配音时又要符合原片角色不同的语言气质，不能千篇一律，确是个考验人的课题。有很多观众来信问我："对于不同的角色，在配音过程中是如何区别、掌握的？"这个题目一下子的确难以简单回答。现正好就给以上两个同名又

各有特色的人物配音时所作的探索，谈谈自己的体会。

首先，要从吃透原片出发，以理解各个角色不同的内在感情为依据来进行声音形象上的再创作。

《绝唱》中的小雪是贫穷的看山人的女儿，是地主老爷家的女佣人，而她却偏和少爷顺吉青梅竹马，真心相爱，这当然是封建家族所不容许的。小雪的感情虽然柔和细致而且爱得那么深沉真挚，但影片并没有从外在的热情洋溢来渲染。山口百惠扮演的小雪自始至终用素淡朴实的表演，自然地表达人物心灵深处的真情实感。语言的起伏不大，但正是从"淡"出发，更显出小雪感情的"真"和"美"，突出表现了小雪真诚、忘我的爱，和处处为别人着想的崇高品德。

影片开始有一场戏，小雪担心和顺吉的相爱由于封建世俗所不容，会给自己深爱的人惹出麻烦而违心地拒绝他，小雪在玉兰树下说："我……太不安分了。"这句话我是稍加颤音，像自语似的说出来，有如从心底吐出她局促不安而又爱得那么深的矛盾心理，继而她急切地边想边说了许多自己配不上顺吉的理由。在这断断续续的大段念白中，她说了好几个"还有……还有……"，我在这中间加一些短促的呼吸，以示她真的着急，不知怎么办，但又因不会说假话而显得那么纯真、质朴，而又有点笨拙的本色。

小雪和顺吉冲破封建桎梏，独立生活以后，顺吉为了他们的小家庭而奔波劳累，小雪心痛地含泪说："都是为了我，少爷才吃那么多苦。"又说："什么时候抛弃我，我都情愿。"这些话是小雪由于忘我的爱而涌自内心，冲口而出的，要说得真诚、恳切，直截了当，毫不修饰。

最后小雪病重,吉原哭着求她原谅当时被老爷恐吓被迫说谎的事,小雪不但毫无责怪之意,而是同情对方的为难处境,但语言上决不能故作怜悯。要平静、坦然地说出来,使人为小雪天性和顺,处处为别人着想的善良心地而感动。

所以在表现人物朴素、真挚的感情时一定要紧紧抓住人物语言上淡而柔的基调。稍过分寸就显得虚假。要开口即是真情才能感人肺腑,动人心弦。

而《啊,野麦岭》中阿雪这个角色的性格特点、人物基调却和小雪完全不同。如果说小雪使人感到"柔",而阿雪却是"生硬";小雪是"处处为人",而阿雪有些地方甚至"不近人情"。她为什么这样呢? 还是不能脱离从原片人物内在依据出发这条基本原则。从阿雪回答女工们"我从生下来就是一个人"这句话可得出这个人物一切语言、行为的逻辑,是一个"我"字。这是人物性格的核心。

阿雪一出场,格调就和别人不同,她的台词并不多,但人物色彩却很引人注意,在一群青年女工中她显得那么突出地孤僻、冷淡,格格不入。因为她是"私生女",又是被人歧视的拖油瓶,这个人物的身世感特别强。而她又想改变自己的社会地位和处境,所以才会在工作、生活、爱情上表现出异乎寻常的好强。

在接受这个角色的配音任务时,导演曾提示我在语言上切不要娇、柔、甜,尾音要收住。我觉得,这个人物在念词上要干净、爽利,不用虚音,不加拖腔,但又不能处理成故意出口伤人,不然就叫人讨厌了。她拒绝和女工们一起去请愿时说的"我啊……就是为了赚钱才来做工的"这番话要念得扎实、干净。她不是存心和别人过不去而刺人，这是她的经历磨炼得习惯成自然的语气。

当别人回家过年，阿雪因家中无人而独自留下。由于她一向眼泪往肚里咽，决不在人前表示伤感，语言上并不外露凄切感。

直至怀孕后被少东家所遗弃，她仍对阿峰表示“我不要同情”，并好强地表示要带着孩子回来，仍当女工，争这口气。此时，人物声音处理只有在个别语句上稍露一丝伤感，但要一瞬即逝，不能过多。一直到最后在野麦岭上生孩子时还是咬着牙挣扎着说“我不死”，咬字仍扎扎实实，不脱离人物的基调。

以上是我在这两个人物的配音上的一点体会。我还有很多不足之处，但我希望通过给各种性格差别较大、各有特色的人物配音，一丝不苟地学习、实践，以推进自己的工作。

原载《电影介绍》1981 年第 3 期

略谈为苔丝配音

英法两国合拍的影片《苔丝》是根据19世纪作家托马斯·哈代的名著《德伯家的苔丝》改编的。这部影片曾得到三项大奖,扮演女主角苔丝的演员被誉为“完美的苔丝”。由于影片在艺术上有一定的高度,配音上的难度也比较大,掌握人物感情分寸,要求非常细致准确。所以我这次担任苔丝一角的配音,一方面觉得这是一个很好的业务锻炼机会,感到很高兴;另一方面也因任务较重而感到有一定的压力。

托马斯·哈代的这本书我在学生时代曾看过。说实话,当时作为一个中学生的我,由于个人兴趣爱好和理解水平所限,看后心里感到怪别扭的,所以对这部作品并不怎么喜欢,以后未再重读过。也许因为这本书曾让我心里不好受,反使苔丝这个人物一直留在我的记忆中。不过毕竟事隔多年,只记得大概的故事情节,人物印象亦不十分鲜明了。这次做配音准备工作时，我又找来了原著，抓紧时间重温了其中一些与影片有关的章节，结合影片，尽量抓住有助于对白配音的依据来理解，挖掘人物的内在感情。

经过反复琢磨，我把苔丝一角的配音要求先勾画出一个大致的框框。根据这个基础，在进行对白配音的具体工作时，从各方面使人物的声音形象丰满起来，就好比使之从一个简单粗略的画稿，丰富成为一幅有血有肉、绚丽多彩的完美图画。

我认为总的来说苔丝的性格中具有一定的反抗性，但她能克制自己，感情不完全流露在外，她的个性是表现内在的坚韧，内心总好像潜藏着一股感情的激流，用一句不很恰当的比喻来说，就是有如“红装素裹”。

再者，苔丝毕竟是个能干苦活的农村姑娘，是个纯朴善良的劳动妇女，性情柔和内向，但绝不娇柔文弱，这两者之间的分寸也要掌握得当。

确定了人物的基本色彩后，就得进一步把握人物处于不同心情、不同环境时随之产生的感情，在各个细节的台词中，通过浓淡适度的语气处理，吐字点送，细致地表达出来。

苔丝去德伯维尔家以前和以后的心情是随着她的遭遇而起变化的。起初，她是个稚气未除、带着不少童年时代痕迹、刚刚长成的女孩子，虽然家贫，但不带忧伤，对生活有其美好的向往，只想老实本分地做工养家。她用单纯、善良的眼光看着世界。她不满父母酗酒，不同意去攀阔亲戚而求得好处。可是终因拗不过父母，不得已来到实际上是冒牌的德伯维尔家。这时她带有很多孩子式的语气。因涉世未深，初次接触陌生人，却又违心地不得不开口求人，说话中就得有怯生生的、欲言又止、不知所云又充满稚气的感觉才行。

到德伯维尔家以后，难以防御的厄运向她袭来，被亚历克诱骗失身。在她不愿做情妇而决然回到自己家去时，已不是以前那个白璧无瑕的天真少女，心中有了很深的创伤。从此她遭到了来自各方的对一个失身女子的压力。由于这个变故，语言表演的感情处理就有了变化、发展。外在起伏虽然仍不大，但隐约露出一股辛酸、伤感。有时感情会稍稍冲动一下，但随即又克制住了自己。

苔丝外出努力做工，想重新生活，但不幸的命运总是跟着她。由于自己曾不幸失身，她违心地拒绝了真心爱她的安吉尔的求婚。她的心中产生了极大的矛盾，语气中既有因爱情的来到而产生的幸福感，又因为自己是失身女子而有着难言之隐。新婚之夜她终于向安吉尔诉说了一切真情。此时她的语气是真诚、坦率的，但到底是在提起自己不愿提起的往事，是揭自己的伤疤，因此叙说这一切时是有隐痛的，语调中要让人感到内心深处的沉重感。面对安吉尔的冷漠离去，她虽急切地解释，希望对方理解她，但并不带任何乞怜的成分。到了和安吉尔分手时，苔丝由于内心极大的痛苦而语音中露出一些因伤感而颤动的声调，但还是强加克制，把眼泪强咽下去。

后来当安吉尔重新回来找到苔丝，求她原谅时，苔丝已因父亲死去，为了一家人的生活，被迫重又落入亚历克手中。和安吉尔意外地重逢的时刻，她被甜酸苦辣的复杂感情折磨得麻木了。她神情呆滞地低声重复“太晚了……太晚了”，这内心的痛楚，要从她时而似喃喃自语，时而又似对安吉尔断断续续的语句中充分表达出来。

最后苔丝杀了亚历克去追随安吉尔时，不能把她表现为视死如归。她知道警察在搜捕她，但她此时把一切归结于是自己命苦，并不想逃脱命运的安排。所以念白的感情处理反而是异常平静、漠然，最后她安详地走完了她那充满悲剧色彩的人生道路。

对影片中苔丝这个人物的语言处理，不能用我们现代青年的感情逻辑去理解。她是托马斯·哈代所描绘的那个时代被吞噬的无数个牺牲者之一。她杀了人，但她是被那个社会所杀的。作者把苔丝这个普通农村姑娘的遭遇归结于命运，带着宿命的观点，是由于当时特定的历史条件和作者思想的局限所决定的。译制此片时，我们在人物台词表演的感情处理上，也得紧紧抓住这一点，才能尽量还原影片人物以应有的语言色彩。

原载《河北银幕》1983 年第 1 期

试谈《苔丝》配音的感情分寸

在根据英国19世纪后期作家托马斯·哈代的名著改编的影片《苔丝》中，我担任了苔丝一角的配音。纵观我曾担任配音的许多青年女角色，苔丝确是属于配音难度比较大的一类。

从原片所提供的人物形象来分析，苔丝并没有大起大落的外在形体表演。这个角色虽然语言声调的外在起伏并不大，但内心潜在的感情却非常丰富细腻。配音上难就难在不是借助于外在情绪大起大落的渲染，而是需要通过台词念白中感情幅度的细微变化，把人物内在感情准确地表达出来，稍过头或稍不够，都会让人明显地感到不是这个人物身上应有的气质色彩。

要在原片中寻找“苔丝”这个人物配音上的依据，主要应挖掘只有苔丝身上才有的语言气质、感情分寸，这样才能塑造一个不仅具有许多善良少女的共性,更重要的是区别于其他角色的“这一个角色”——苔丝所特有的个性鲜明的人物的声音形象。

在这部影片进行录音时,虽然气候还较冷,录音棚里也并不暖和,但往往一场戏录下来,自己已不知不觉中出了一身汗。这是因为在给苔丝配音时需要特别集中注意力,严格掌握语言表演上的细小起伏。有时我感到像打太极拳似的屏气凝神,有些地方还需用些软硬功夫来恰当地控制人物感情的流露。

影片开始时的苔丝,虽然生在贫家,但生活还算平静,虽不满父亲的酗酒,不同意父母一心想投靠阔本家的主张,但她是以平稳而直率的口气表示反对,说话柔和而顺畅。初次去德伯维尔家见到亚历克时,这个稚气未消的姑娘在陌生人面前不知如何启齿说出自己的来意,她说的那句“……说出来怕人笑话,我没法跟你说”,我理解这是她在无可奈何下脱口而出的老实话,她欲言又止的表现不是交际手腕,而是此时此地心情的真实反映,所以语言点送不能有丝毫忸怩作态,节奏虽缓慢,但是要坦率地自然流露。她这时还是个身心未受摧残的纯洁少女,虽然说话有些吞吞吐吐,但整个语调应是向上扬起,朴素而明朗。

当她不幸失去了贞洁,决然离开亚历克家时,她坐在马车上黯然地低声说的“……不管我家是穷是富,我就不该生出来”,道出了她把一切归于自己命苦这一宿命观点。要从个别语句里、声音的稍稍颤抖中表达出苔丝心底的痛楚。从此以后她的语言感情里总带着一种压抑的沉重感。

苔丝回家生下的孩子没活多久就死了，因未受过洗礼而不能按教规埋葬。苔丝前去恳求牧师，这时她虽如万箭穿心般的悲痛，但说话声调并不高，而是在平稳的叙述中不时露出那抑制不住、但又强加克制的辛酸。当她伤心地冲口而出地哀恳说“求求你了”，声音虽只微微颤动，但使人感到惨然。恳求不成，苔丝发誓般表示：“那么我恨你，我再也不到教堂来了，不来了！”这时内在情绪很激动，但并未大声疾呼。我把这段台词中的“恨”字念得较重，念到“不来了”，稍稍提高声调，但要控制到一定的程度，不能过分，字字念实、收住，如斩钉截铁，以倾吐她从心里发出的满腔怨恨、悲愤与反抗。

即使如此，倔强的苔丝还未失去信心，为了重新生活，她离开家乡外出谋生。在这时，伤感的调子相应减少了。但她究竟是个心中有了创伤的女人，所以遇到了真心爱她的安吉尔以后，语言情绪上除了沉重感之外又加上一层矛盾的色彩。这种矛盾色彩在很多场合明显地表现出来。例如，苔丝几次违心地拒绝安吉尔的求婚时，她总是被迫吐出半句话又突然收住，虽然和初次见到亚历克一样也是吞吞吐吐，但由于前后心情大不相同，有难言之隐，语调再不向上扬起而基本上是下沉的了。声音经常自然地越说越低沉下浮，这是她痛苦而矛盾的心情所致。

可是当她写信把自己这些没有勇气当面说出来的遭遇和屈辱告诉安吉尔时，念信的独白就不必再吞吞吐吐了，而是以诚恳真切的感情，坦率而流畅地倾诉自己的矛盾心情和希望得到谅解的热烈期待。

新婚之夜安吉尔听了苔丝的叙述后竟默默离去，面对他异样的神情，苔丝的心如掉进冰窖。她说“你不要这样，把我吓坏了”，又低声重复安吉尔的话“他说……过去爱的不是我，我徒有她的躯壳”时是用一种有如对自己说一件恐怖的事那样茫然不敢相信的口吻，自言自语般地说出来的。他们分手时，苔丝听了安吉尔的话后别过头去低低重复着“现在嘛，不要来找你”，声音虽轻，咬字却应较用力，最后略带颤音地收住。此时她是伤心欲绝，但又努力抑制，强咽下辛酸的眼泪。

影片最后，也就是从苔丝杀了亚历克直到被警察带走，这几场戏，语气上不能表现为视死如归。她在说“我在世的时间有限了……我是逃不出去的”，乃至“来抓我来了……那就走吧”，决不能带激昂的情绪，此时语调应异常平静。这个被生活残酷捉弄了的农村姑娘，虽具有一定的反抗性，但终未挣脱厄运的摆布，最终她把一切归于是命运的安排，是逃脱不了的。因此反而神色安详地走向最后的归宿。如果处理成从容地慷慨就义，就不是原片人物的特色了。

在苔丝这个角色的声音形象塑造方面，自己虽作了一些设想、分析，但理解和表达不一定完全正确，肯定还有很多不足。不过，这是一次压重担的机会，其中的心得和教训对我来说都是配音艺术上一次很大的收获。

原载《电影之窗》1983 年第 2 期

谈苏珊的感情

埃及影片《征服黑暗的人》中有这样一个主要情节：美丽聪颖的法国女郎苏珊接受了双目失明的埃及学者塔哈的爱情，与之结为终身伴侣，同时成了他事业上的忠实助手。

这里面没有罗曼蒂克色彩，也非一见钟情，他们从真诚的友谊开始，在相互了解、志同道合的基础上建立了深厚的感情。

苏珊帮助失明的塔哈学习，读书给他听，扶他散步、上学，一起谈心，通过日常的频繁接触他们成了知心朋友。但在塔哈吐露衷情时，苏珊并没有马上答应。她坦率地表示需要冷静地考虑一段时间。经过了慎重考虑之后，苏珊终于作出了自己的抉择，永远和塔哈生活在一起。

一个为许多漂亮小伙子所倾慕的有才有貌的法国少女，为什么愿意做一个盲人学者的妻子呢？苏珊在回答她亲友的问话时清楚地表示，她不是出于同情才这样做的，她了解坚毅、自尊的塔哈不需要同情。她是被塔哈强烈的求知欲望、顽强的学习态度和坚韧的毅力与他改造祖国文化落后面貌的抱负所感动，而对他十分崇敬、钦佩。她觉得塔哈虽然双眼看不见，但他的心地十分光明，他们看到的世界比常人要广阔得多。

苏珊和塔哈结了婚，后来又带着女儿放弃了法国大城市豪华的环境，随塔哈回到他的祖国埃及，并一直在生活上照料他，在事业上帮助支持他，始终不渝。苏珊对待生活爱情的态度是十分严肃认真的，她心地善良，感情真诚坦率。进行配音过程中就要从人物内在的真情实感出发，语言柔和、流畅，不能有丝毫飘浮、做作和轻佻的色彩，这样才能完美地表现苏珊这个人物可爱又可敬的崇高而真挚的感情。

原载《影坛之友》1981年8月

探求新的艺术领域

——给影片《父子情深》配音追记

在担任意大利影片《父子情深》中十岁男孩卢卡一角配音工作的那一阶段，原来对周围小孩子日常活动、游戏不很注意的我，却有意识地对那三五成群的小学生们的嬉笑言谈特别在意起来。在家里，我的两个孩子也成了我的小先生。我经常饶有兴趣地观察他们说话的语气神态，并把台词让他们念，还故意模仿孩子的语调和他们对话，以此使自己受到感染，吸取其中适合影片角色需要的东西，再把角色特有的感情色彩充实进去。我还试着用几种不同方法处理台词、运用声音，反过来再念给孩子们听，征求他们的意见。

接受这个任务时，我对卢卡这个男孩角色产生了浓厚的兴趣和强烈的创作欲望。作为配音演员，我希望尽可能接触多种类型的角色，通过实践，掌握积累多方面的表演经验。

过去，我虽然也曾给一些男孩和近似男孩气质的角色配音，但很少，况且已有好些年没有再担任男孩的配音了。可以说，这个角色确不是我所擅长的。像我这样一个经常担任青年女角色配音的演员，这次要一反常态给一个和我小儿子同龄的角色配音，肯定会遇到不少困难。再者，译制片配音工作周期短，演员接任务后短期内即要投入录音工作，所以要尽量抓紧这有限的准备时间。

固然，由成人担任卢卡这个男孩的配音在理解人物感情的深度上可以有利些，但为了贴切原片，在声音气质、语气处理方面就要加以必要的修饰。如何尽量以假乱真，尽可能完美地完成任务呢？我分析了角色所需要具备的声音和气质，以及我自己音色条件的可塑范围。由于音色基本条件不能改变，只有尽可能加以修饰，尤其着重在人物气质上下功夫。

卢卡的母亲在他幼年时早亡，父亲忙于工作而无暇多关心他，就是每次从住读学校回家度假想和父亲在一起多待一会儿也经常难以如愿。他寂寞、孤独，渴望家庭温暖。因此他身上表现出来的不完全是孩子的感情，而是个有心眼的、懂事的孩子，常常说出大人话来。但他毕竟是个孩子，有时刚说过大人话，一下子又很自然地表现出充满孩子气的情绪。例如，贝尔纳多开车来学校接他，卢卡先是一本正经地像大人似的谈论学校，一下子又兴奋地讲起想学会柔道是为了要去打死土匪，这又完全是孩子话，完全是和一般孩子相类似的儿童心理了。诸如此类在影片中安排甚多，它表现了人物的特色，我必须紧紧抓住这些方面去塑造人物的声音形象。

为此,我一方面如前所述留心观察男孩子的神态语气、说话习惯,另一方面从文学艺术作品中去寻找类似的人物仔细琢磨作为借鉴,同时也追溯自己儿时的事情——有些孩子心理我自己童年时代也有过——尽量唤起这些回忆并收集起来,重新感受,然后恰当地用在卢卡这个人物的身上。

经过反复推敲,我觉得男孩子说话时吐出每个字口腔都较用力,尾音较重,收得也较猛,不像大人那样用力均匀。因而我念词时,在有些字和词尾故意顿一下,以示男孩子的愣劲儿。但卢卡这个男孩又有文弱秀气的一面,所以要掌握分寸,不能过多强调男孩子气而造成声音形象过于粗犷。

卢卡病倒、临终这几场戏,要求既有男孩气质,又有病弱感觉,难度就更大一些。开始我老是掌握不好。太强调了气息微弱,声音太纤柔了,就近似女孩子的口吻;收敛了女声气息又觉气音太多,录出来的声音太虚;但强调了男孩口气又觉气太足,不像病重濒于死亡的人,总觉得不理想。在老前辈和导演的启发帮助下,继续实践,寻求解决这个矛盾的办法。我试着仍用孩子的习惯来处理念词的抑扬顿挫,吐字多用实音,但注意把声音控制得较轻、较低,另外在语句空隙处加一些短促的呼吸,以示其虚弱无力,在语气感情处理上则牢牢抓住卢卡思想方法不同于一般孩子,是个小大人这一特定性格,这样就感到效果好一些了。

影片早已配音译制完成,但我觉得离还原原片这个要求还有一段距离,自己很感不足。例如,全片声音运用还有不统一、控制不自如的缺陷;有些感情表达和语言过多强调了男孩子的愣劲儿,因而在人物的纤弱和聪颖机灵上就有些削弱了。

但是，这次实践对我来说是一个在新的艺术领域中寻求真谛的好机会。效果如何，要请观众们来进一步检验了。

原载《电影介绍》1982年第1期

再现不同色彩的声音

在意大利影片《父子情深》中，我担任配音的角色是一个十岁的男孩——卢卡。影片完成后，我带我的孩子一起去看，目的是为了能从他的反应中检验一下客观效果，了解一下孩子对这个角色配音上的感觉如何？这个男孩角色说话时有个习惯用语，即在表示明白了大人的话时，常常故意作大人状地低声回答："知道。"

每当这种表达方式在影片中出现时，坐在我身旁看电影的年龄也正好是十岁的小儿子就很感兴趣地回过头来问我："妈妈，你看这像不像我在说话？"不错，我在进行影片配音的准备工作时，从原片和剧本中发现卢卡的这一习惯语气，和我那与卢卡同龄的小儿子的语言习惯很相似，说"知道"这两个字时声音不高，有些嘟嘟囔囔的。虽然我小儿子性格的其他方面和这个角色并不一样，但是在这一点上却是相似的。于是，我就采用了这个符合角色需要的语气，把它运用到恰当的地方去了。

但是，由我这个女演员担任男孩角色配音，碰到的困难是较多的。例如，卢卡病危、临终那几场戏，第一次录音时有的同志看后对我说："这场戏听下来不像是个快死的男孩，倒像日本影片《绝唱》中在弥留之际的年轻姑娘小雪了。"这是个问题。卢卡此时已病危，气息必然是虚弱的，如果是由真的男孩来配音，那他即使用虚弱的声音，也不会脱离男孩的音色，在这一点上我是没有负担的。但为了体现影片中男孩气质的需要，在音色和语言上我还得作一些修饰，而作为一个女演员，声音放得太虚弱了却会面临着"露馅"的问题——露出女性角色的念词习惯。经过和大家一起反复琢磨，我便在台词念法上抓住男孩子的发音特点，使每个字吐实收住，尾音不虚，并把声音适当放低放轻，再用一些急促的呼吸来突出病弱的感觉，这样处理了这些戏后，就觉得好一些了。

当然，要塑造这个男孩角色的声音形象，首先要理解他每段台词的内心根据。例如，卢卡兴致勃勃地告诉同学说父亲要带他去日本度假，说父亲买礼物给他……其实呢，父亲忙得无暇顾及孩子，甚至很少见面。至于礼物，不是父亲给卢卡买，反倒是卢卡给父亲买了礼物。而卢卡故意这么说，正是一种孩子心理的表现。我不仅从文艺作品中寻找这个根据，而且回忆了自己的童年时代。记得我还在上小学时，有几个女同学烫了发，我很羡慕，可是母亲说小孩子不可以烫发，结果没烫成。但我却对小朋友说："母亲要我烫发，是我不愿意烫的。"这么说了，心里好像反而好受些，甚至还挺得意似的。这种心情是和影片中卢卡的孩子心理有某些共同点的。我觉得有了这样实在的感觉，便有利于表达人物的感情。担任男孩角色配音必须从头探索出一条新路来。

不仅在给经常接触的极迥异的一类角色配音时，需要还其不同的人物色彩，就是对待有很多相似之处的角色，也应按其气质上的特点在语言处理上有所不同。有人看了日本影片《白衣少女》后问我："过去看了你配音的《生死恋》，觉得夏子的语调轻柔可爱、悦耳动听，而你在《白衣少女》中处理亚沙子的念词方法却不太一样。既然都是日本片，为什么你不把夏子那语调再驾轻就熟地用到亚沙子的台词中去呢?"关于这个问题，我认为这两个人物有共同点：同是热恋中的日本现代少女，年龄差不多，都生长在大城市，她们的爱情最终都是个悲剧性的结局。可是在配音过程中光表现这个共性不行，还必须表现出她们各人特有的气质。夏子在一个父母娇宠的家庭中长大，善于交际应酬，感情上较为成熟，有一股热烈追求的固执劲；而亚沙子的父母在她小时候就离婚了，她孤独，缺少家庭温暖，在爱情上是涉世未久，带着童心未泯的本色，感情质朴、稚气。她的固执劲是很直接、很自然地表现在日常生活中和对爱情的坚贞不渝上的。根据她们的内在感情、气质和外在表现形式，强调处理也随之不同，就是念同样一句台词，也不完全一样。例如，夏子说："我爱你……"这句话的特定环境是在将要结婚前，给未婚夫写信时，心中充满对未来幸福的憧憬、向往，声调甜柔，情绪高昂；而亚沙子说："我爱你……"这句话的特定环境却是在为了情人作画的需要，忍着寒冷站在雪地里当模特儿之后，此时她已知情人得了不治之症，感情深沉而带些酸楚，声调扎实，吐字平衡，给人以朴素实在的纯真感。因此给这两个人物配音，必须加以分析，除了表现她们的共性外，更应表现出她们各自的气质来。

总之，声音、语调是为体现原片人物感情、气质服务的，只有遵循这个原则，才能通过配音较准确地再现原片中各种人物的声音形象的不同色彩。

原载《草原银幕》1982 年第 7 期

为男孩角色配音点滴谈

多年来作为配音演员队伍中的一员，我担任了许多不同类型角色的配音。从身居上层的贵族小组、大家闺秀到小家碧玉、劳动妇女乃至杀人犯、娼妓，古今中外各色人等都有，她们中有柔顺的、善良的、泼辣的、狠毒的，性格色彩众多。为了通过配音表达她们各自的内在感情，根据每个戏的不同要求，我在声音运用的调配上作了些处理，可是在这种情况下自己的音色并没有加以改变。但在另一种情况下，却必须尽可能在音色上有意识地作一些修饰、变化，以适应角色配音上的需要。这方面，我在多年的工作中也得到一些尝试、探索的机会。就如我担任男孩角色的配音就是其中重要的一部分。

毋庸讳言，为男孩角色配音，并非我之所长。经过几次实践，虽有很多不足之处需进一步解决，也感到自己配男孩子戏并不像我想的那样遥不可及。提及这方面的话题，还得从头说起。

我第一次担任男孩角色配音是在距今七八年前，也就是我进译制厂当配音演员的十多年之后了。在这以前的十多年中，我配过一些小女孩的戏，可小男孩戏却一点也没配过。我看过其他女演员配的男孩戏，感到有成功的，也有不甚好的，可从未联想到自己能不能配男孩戏。当时我觉得自己配些小女孩戏还冒充得过去，至于男孩子戏，怕是不行的。很长一个时期，我只是注意在配音上探索各种不同气质的女性角色，而没想过如何去配男孩戏，客观上也没有碰到这种机会。

第一次为男孩角色配音的影片是资料片《鹿苑长春》。接到这个任务我感到突然，但当时工作日程很紧，不容多加思索便匆匆上阵，犹如“赶鸭子上架”。在工作中自己还是鼓起勇气开足马力的，可影片配音完成后，有关方面不甚满意，我原本对配男孩戏信心不足，这么一来就心想：算了吧，看样子我不适合配男孩子角色。所以在那以后的第二年，又要我为另一部资料片《奋斗》中男孩角色配音时，我提出了异议，但争执结果我还是服从了工作需要。也许由于上一部戏的教训，自己积累了些经验，这次配音过程中感觉顺当了些。可能因自己原先估计得太低了，配音完成后出乎意料，还比较满意，其他同志也有同感，这才使我初步树立起配男孩戏的信心。从以上这两部资料片说起，因为这是我配男孩戏的起步。这以后的四五年中，我没有再为男孩角色配音，直到 1981 年又担任了意大利影片《父子情深》中十岁男孩卢卡的配音，这是我担任配音的男孩戏第一次正式和广大观众见面。接到这个任务，我又高兴又担心，能再闯一闯这新的艺术领域，而且这次可以公开接受广大观众的检验，直接听到他们对我给男孩角色配音的意见，这当然是令人高兴的。但我配男孩戏的经验很不足，况且事隔四五年，现在到底能否胜任，很难预料，把握不大。不过担心归担心，可没有胆怯，我想事在人为，于是面对这个实践机会，心中又升起一股跃跃欲试的创作欲望了。

首先，我权衡了自己配这个男孩角色的利与弊。我觉得卢卡这个男孩的感情色彩比较丰富，他不但有浓厚的孩子气，而且在思想方法上有不同于一般儿童的小大人式的东西。一个成人去理解这些特点，会比真的孩子理解得更为深刻。卢卡比他同年龄的孩子更成熟而有心眼，十分懂事。他经常会一本正经地谈论着什么，口气全然像个大人，可是忽然话题一转，又都充满了孩子的念头，或是说着说着一下子看到什么吸引他的事物，就兴奋地叫着跳着，把前面的事都岔开了。这两种语气交替着出现，构成卢卡多侧面的性格色彩。另外，卢卡常常煞有介事地把自己的理想作为事实告诉同学，他故意这么说正是一种孩子心理的自我满足、自我安慰，说明他渴望得到这些。分析这个角色不仅要从原片找根据，而且可以从许多文艺作品及生活里的孩子中间得到很好的借鉴。这当中我还自然地追溯了自己孩提时代一些儿童心理的言行，把这些记忆重新感受一下，从切身体验上更靠近角色。另外，几年前配过男孩戏的经历对现在的工作也有所帮助，这些都是有利的一面。

但另一方面，我毕竟是个女演员，语气处理和声音运用都习惯于女性角色的表演方法。加上本人的音色和男孩子的音色也有一定的距离，所以确也存在着困难和矛盾。因为译制片工作节奏快，看清了以上两方面的因素，就得抓紧时间在理解的同时尽自己音色条件的许可范围去着手塑造人物的声音形象。我注意观察了小男孩说话的特点，感到出于孩子的生理特点及思想方法较简单而说话往往冲口而出，直来直去，咬字较实，嘴巴较用力，词尾也收得较猛，不像大人那样用力和缓而均匀。为了与男孩气质相吻合，我在声音运用上作了些适当的控制，改变给女性角色配音的习惯语调，作一些音色上的修饰。念词时口腔和喉部有意识多使劲，尾音收得干脆，气息停顿得重一些。有些字的念法例如“好吗”的“吗”字故意念成近似“么”字的音，以加强语调中的男孩子味儿。在表现卢卡玩耍着高声欢呼时，声音虽提高但要饱满厚实，切不要出现又尖又细的高音。在表现卢卡生病需要虚弱低微的声音说话时，音量可减弱、减轻，但在声音的抑扬顿挫上，仍要注意抓住男孩的特点，否则声音太松垮，就容易露出柔弱的女声。如果忽略了这些方面就会面临声音“露馅”的危险。

继《父子情深》之后，去年我担任了罗马尼亚影片《山的儿子》中的男孩马代的配音，今年又担任了墨西哥影片《海岛探宝》中的男孩劳尔的配音。有了过去配男孩戏的基础，再配男孩戏是有很多工作方法可以沿用的。但也面临一个新的问题，就是要避免在配男孩角色上的千篇一律。这就得去给不同的男孩角色配音时，不但要表现出他们身上的共同点，更必须抓住每个角色各自特有的色彩。生活环境、所受教育乃至所处时代不同的男孩，其表现也不尽相同。

《山的儿子》中的马代和《海岛探宝》中的劳尔这两个男孩看起来性格色彩较单一，似乎不如卢卡那么多样，配音难度亦不如给卢卡配音那么大。但即使如此也不可掉以轻心。如果只是照搬以前的配音方法就容易形成雷同感，有些表现男孩共性的方法可以采用，但更重要的是根据每个男孩不同的气质，抓住其各自的语言基调。

《山的儿子》中的马代，也是个学生，但他长期生活在高山峻岭中，常攀登悬崖峭壁，和狂风暴雨打交道，又常跟父亲在山间气象站工作，小小年纪就磨炼出坚毅的性格，独立生活能力强，天不怕地不怕，敢于面对一切困难，影片赋予他不少超越他年龄的传奇色彩。整个影片语调起伏变化不大，有他的固定调，总有一种男子汉大丈夫的根基，说话不苟言笑，一句是一句，没有废话。语气坚定而自信，感情色彩少。我处理马代的台词念法上是走"硬"调，吐字短促有力，收得果断、扎实，声音处理得有一定的厚度，低声说话时亦丝毫不带柔软的调子。一字一句落地有声，毫不犹豫，始终要气息充足，情绪饱满，节奏紧凑。

而《海岛探宝》中的劳尔，生长在海边，是个普通工人家庭的儿子，聪明而有主见，他幻想以探险的方式寻找财富，使家庭和渔民大叔过上好日子，表演上生活气息深厚，劳尔的语言也充满生活情趣，朴素而流畅，就是有时情绪稍有低落或激愤，也是暂时的，很快就能丢开。加上影片赋予他的特点是个小歌手，全片贯穿着他唱的许多抒情而奔放的民歌，他的语言和唱歌的感情基调也是统一的。我处理劳尔的台词表达方法和《山的儿子》中的马代相比是走"软调"，吐字欢快明朗，节奏活跃，语调起伏，自然舒展，不带做戏痕迹，在不脱离男孩特点的基础上力求声音松弛，不沉浊，不过于厚实。

劳尔有充满感情色彩的一面，但不同于病弱时的卢卡，语言上要柔和但不是文弱，他所说的柔情话语不同于大人的柔情，要给人以小孩子学大人状的感觉。劳尔又有勇敢机智的一面，但不像马代那么刚强外露。在表现劳尔不怕困难不畏艰险时是以一种鼓舞、激励对方的乐观情绪说话，切不要过于强调“硬汉子”气质，这一语言分寸要掌握得当。

我在配男孩戏的工作过程中作了一些摸索。虽然给男孩角色配音需要在发声方面加以人为的控制，嗓子很累，喉头不舒服，可是经过努力，有了一定的收获，心里还是很高兴的。但这毕竟不是我所擅长的工作，在理解和表达之间还有一定的距离。有时强调了男孩子憨直的冲劲儿而削弱了人物聪颖机灵的一面；但有时为了表现男孩的聪颖机智又会露出女声的习惯调子。这些就是我作为一个女演员为男孩角色配音方面尚未完全解决的困难，这客观存在的问题很难说今后能解决得十全十美，但我要尽力而为。今后我可能会再遇到配男孩戏或配其他不擅长的角色的戏的情况，我认为这些都是宝贵的艺术实践机会。为了在译制片配音演员这支“短小精悍”的队伍里尽可能多发挥一些作用，多具备一些塑造人物形象的表演方法，我愿意继续努力。

原载《电影通讯》1983 年第 10 期

又一个难题

一个大大的眼睛、圆圆的脸蛋、胖墩墩的小男孩，虽然说话常常像个小大人，但却总带着浓厚的稚气。他特别爱玩，爱幻想，问他几岁了，他就会伸出肉鼓鼓的小手说："五岁。"这就是墨西哥影片《张开幻想的翅膀》中的小主人公华尼托。而给华尼托配音的却是我这个比他年龄大四十岁的女演员。这两者如何统一起来呢？

以前，我曾给好几个不同性格的男孩角色配音，这些男孩的年龄基本上都在十岁以上，在创作过程中虽碰到不少难题，却也得到不少艺术上的收获。我是第一次给华尼托这么小的幼儿角色配音，创作又碰到新的难题。

和给其他角色配音一样，首先要抓住这一角色的语音气质。我充分利用自己音质条件上有利于表现幼儿语气的方面，在可能范围内加以修饰、控制，注意不要露出大人说话的沉浊喉音，也绝不能单是捏着嗓子模仿小孩。如果过分做作而没有内在的东西，就会显得空洞、虚假，让人听了不舒服，不可信。

过去给男孩角色配音的经验可以借鉴，但不能完全沿用。因为这个角色的规定年龄小得多，就必须找出他区别于其他男孩角色而又符合个性的语言特点来。

华尼托说话虽也有一股男孩子的愣劲儿，但更多的则是带着幼儿的奶声奶气、牙牙学语的味儿。我在反复琢磨原片中小演员的语气时吸取了生活中所见到的幼儿说话的习惯，作为设计这一角色念白的依据，并在一些特别能体现人物色彩的台词读法上注意加以塑造。

有一场戏，华尼托因大人不肯带他晚上去剧场看戏，就嘟起小嘴埋怨说："一会儿说我是男子汉，一会儿又说我是小孩。"我把这两个"一会儿"和"男子汉""小孩"念得稍重一些，停顿之间用以轻微短促的换气。这样就把幼儿那种急着想把话说完，但又像鹦鹉学舌那样不利索的特点表现出来了。

我还借助于一些语句末尾的语气词的念法来突出孩子气。例如，华尼托吃饭时问幼儿园老师："我肚子不饿，干吗要吃啊?"在警察局里问警察："……这里只给外国人拍照啰?"这些"啰"字、"啊"字就得念得和成人或大男孩说话不一样。我在这里故意把声调拉长一些，往上扬一些，加重问号的感觉，强调幼儿问话的口吻，结合原片里小演员充满稚气的神态，就把华尼托天真好问，简直有点打破砂锅璺(问)到底的劲儿刻画出来了，更使人感到这小男孩的可爱，形象丰满了。

总之，这部影片充满生活情趣。华尼托这个小主人公也是个生性活泼好动、情绪饱满的小男孩。在配音过程中要牢牢掌握人物基点，顺着这个孩子的思路去捉摸、去表现。

作为一个成人，我给幼儿角色配音，在声音条件上总存在着先天不足的因素，所以只能尽我的力量去和原片里的这个幼儿角色靠近。有些问题通过实践能有所改进，而有些问题恐怕难以一一解决，离“完美”二字，差距是很大的。

原载《草原银幕》1985 年第 6 期

为《天云山传奇》配音

由于工作需要，近一年多来我除了担任外国影片配音外，还担任了一些给国产故事片的角色配音的任务。继去年给八一厂的《雪山泪》、年初给上影厂的《珊瑚岛上的死光》配音后，八、九月间应邀去上影厂在谢晋导演的《天云山传奇》中为冯晴岚这一角色配音。这是和给译制片配音在有些方面要求有所不同的新课题。

初读分镜头剧本，我就深深被冯晴岚这个人物所感动。通过进一步熟悉剧本，看拍戏，看样片，我觉得经过电影导演和演员的努力，冯晴岚的银幕形象塑造得很有色彩，我很喜爱这个角色。

有人说我对这一艺术形象这样感兴趣是因为我担任了这个角色配音的关系。我觉得有这个原因，但主要还是因为冯晴岚那高尚的情操、真挚的感情、外柔内刚的个性吸引了我。

但喜爱这个角色并不等于一定能配好她，还必须从准备工作开始认真对待。这和担任外国影片配音一样，首先要从分析、理解人物的内在因素着手。作为一个习惯了给外国影片配音的演员，在给《天云山传奇》这部国产片配音的工作中也面临一些新的困难。

例如，给外国影片配音，因原片有完整的对白，能从原片演员念词的感情、声音中得到感染和启示，作为自己声音运用、台词处理的重要依据。给国产片配音，因原片是没有录下声音的，所以没有这个可参照的条件。与此相关联的还有个口形问题，原演员讲的也是汉语，虽未录音，但口形在，配音过程中有时因台词稍有改动，有时为了正确表达感情的需要，念词就不能完全按照原演员的快慢、停顿，但又不能使人感到口形节奏和语言不吻合。为了解决这个矛盾，就需要从人物感情节奏出发，有机地结合念词快慢来设计自己的台词处理，安排逻辑重音；根据原片表演再适当贯穿一些语气和呼吸，使人物丰满、可信，尽量让台词节奏和原片形象成为一个统一的融合体，使人感觉是原演员去念词，而不是硬贴上去的。

还有，我们一般总是和自己厂的配音演员们一起搭档配戏，由于经常合作，在工作上已形成默契。而这次去上影厂给《天云山传奇》配音时，片中其他三个和冯晴岚搭戏的主要角色都是由演员本人自己配音，他们有的原是话剧演员，有的原是京剧演员，我则是译制片演员，念词方法、声音运用的习惯路子有不同之处，在搭戏时就要注意从电影语言的要求出发，在台词风格上注意互相靠拢，不能各唱各的调子。

另外，冯晴岚是具有中国妇女传统美德的女性，所以尤其要注意不能把外国电影中西方妇女表达感情的习惯套在她的身上。

这个人物在影片中经历了几个不同的时期，年龄变化前后经过二十多年，她的声音、语调也应随着时间的变异、经受的磨炼、身体情况的发展而有所变化。

初到天云山工作，冯晴岚是个未脱学生气的年轻姑娘，她性情文静，忠厚诚实，是非好恶十分鲜明。对吴遥的做法，她就很不以为然地向宋薇表示："这个吴政委也怪，好像知识分子一天不挨训，就要走上邪路。"她和宋薇去竹林中初遇罗群，她老老实实地回答是想上那古寨子去玩，而且坦白地说："我们有个政委好训人，我们怕被他撞见了……"当看出宋薇在爱着罗群时，她真诚地把自己所观察的告诉宋薇："这是一个纯得像水晶一样的人。"她不仅看到了罗群的外在气质，更看到了他的心灵深处，她的语言虽带着年轻人的稚气、坦率，但要念得认真，稳重，才能亮出人物的性格特征。

反右整风运动开始，冯晴岚面对各种问题感到不解，她困惑而正直地说："难道革命需要人虚伪？人不应该忠于事实、忠于真理、忠于同志吗？"这是自问也是她的心里话，因而不能简单处理成慷慨陈词，而应念得深沉、恳切来表达内心的活动。这时冯晴岚比以前成熟了，语言里稚气的东西也就相应减少。

从两次看望处境艰难的罗群直到决定把自己的命运和他结合在一起，冯晴岚并非一时感情冲动而是经过深思熟虑的。她和技术员告别去找罗群，说服病中的罗群跟她走，这些感情戏中她并没有激动的言辞，声音也十分柔和，但在貌似平静寻常的语气里要藏着一股外柔内刚的坚决劲儿，透着使人不容抗拒的韧性。

时隔二十年后，冯晴岚初遇来访的周渝贞时，已是饱经沧桑的中年妇女了。当得知天云山要重新建设时，她虽因刚已昏倒而声音十分微弱，但流露出的情绪是迫切而兴奋的。她在周渝贞身上看到当年罗群和她自己的影子，从年轻一代的身上看到了希望，语调于平稳中充满着对这个年轻人的喜爱。由于曲折艰难的生活经历，冯晴岚的身体已病弱到极点，语音也应处理成低沉、衰老些，但语言中外柔内刚的基调不变。

至于她给宋薇的长信，则是完整地道出了她出自肺腑的心声，可从中理解她的信念，看出她各个时期的内心活动，得出人物的思想核心，也是确定语言基调的依据。

直到临终，冯晴岚的语音是最低弱的，但此时她看到的不是死亡而是光明即将到来的预感。气息虽微弱，但情绪仍是坚定、乐观，不带悲惨，她的内在美给人留下深刻的印象。

担任《天云山传奇》配音对我来说是一次学习和锻炼的好机会，丰富了自己的艺术积累，这给我以后又担任来我厂加工的国产片《飞燕曲》《胭脂》等的配音打下一定的基础。作为一个译制片配音演员，我希望积累各方面的经验，愿意为电影事业多做些工作。

原载《草原银幕》1981年第2期

我为黄其其格配音

要我谈谈为内蒙古电影制片厂摄制的故事片《母亲湖》配音的体会，我感到很惭愧，因为从接触这部影片到对白录音完成，历时不长，不像摄制组的同志们对影片那么熟悉，有的地方理解得不一定准确，所以提起笔来大有不知从何写起之感。不过这次能够为反映兄弟民族革命斗争的影片《母亲湖》尽一点绵薄之力，我感到很高兴，也愿意借此机会向内蒙古的观众朋友作一次汇报。

近年来，我担任了很多国产片的配音工作，其中有好几部是兄弟民族的影片，但为内蒙古电影制片厂的影片配音还是第一次。再者，我过去在国产片中配音的主要角色，几乎都是正面人物，这次在《母亲湖》中为黄其其格一角配音则是我第一次为重要的反面角色作配音。由于这个角色和我过去配音的角色在气质上大相迥异，所以在台词对白的语言表演上，也必须随之找到一种不同的、适合这个人物的气质的基调。

从影片中可以看出，导演和演员塑造的这一人物形象非常成功。作为配音演员，我希望能通过塑造这个人物的声音形象，使原片银幕形象更加丰满，而且不与形体表演相干扰。为了达到这个目的，首先要理解形体表演所表达的内在感情。但是由于时间和条件的限制，我不能和影片的创作人员充分、仔细地交换意见，只能根据导演对影片内容的分析和角色的内在感情，去寻找演员的表演意图，以作为对白配音的依据。

黄其其格的公开身份是敌保安团长的秘书兼报务员，但同时又是个潜伏的国民党军统特务小头目，她既险恶、奸诈，又狂妄、狠毒，还是个妖冶无耻的美女蛇。因此，在配这个角色的台词时，既要用拖腔拉调，端着架子的高傲口吻，又要带上娇声浪气、妖冶迷人的语调，但又不能强硬、蛮横得使其像个女土匪，也不能懒散、松垮得像个荡妇、妓女，而需要分别不同场合，各有侧重，使两种语气相互交替、配合，恰如其分地塑造出这个人物的多侧面和语音形象。

例如，黄亚丁来后，黄其其格关照她丈夫赛兴嘎不许随便进她的房间那一席话，我突出了不紧不慢、一字一句、干脆、严厉，带着一种命令式的威严口气。这样，就比较鲜明地表现了她对丈夫的支配感，显示了这对夫妻之间的微妙关系。

而在和黄亚丁勾搭上以后，黄其其格则是于媚态的语气中还带着一种冷冷的、高傲的调子，突出地显示出了她的军统特务的身份和那种自恃高明、刚愎自用的态度来。我在念这类台词时，吐字重而实，还用了些鼻音，说出来的话如从牙缝里挤出来似的，以加重她的阴险、毒辣劲儿。影片最后，黄其其格的阴谋计划遭到了“钓鱼不成，反失诱饵”的惨败，她灰心丧气地借酒浇愁；但当她一接到黄亚丁派人送来新的行动计划时，便又振起她那杀气腾腾的气焰来。这场戏的感情幅度大起大落，说明了黄其其格是个死心塌地的、顽固的反动分子，所以我在语气上也随着剧情的进展，做了由缓慢到急促、由颓丧到凶残的变化处理。

我希望尽自己声音条件的可能，为各种不同类型的角色配音。这次为黄其其格配音是一次掌握多样化的语言表演方法的很好的学习机会。由于我给这种类型的角色配音的经验不足，希望观众能给我提出宝贵的改进意见。

原载《草原银幕》1983 年第 1 期

周岁纪念

快乐的童年

与祖父刘崇杰、祖母朱恵(德)诚

当年祖父以公使的身份和祖母在欧洲接待访欧的梅兰芳和胡蝶

幼年在香港家中天台上

一岁多时第一次穿泳装在香港浅水湾玩耍

一岁多时与父亲刘章业、母亲席德芬在香港浅水湾（上图）。时隔五十多年，1995 年 2 月和老伴再次来到这里留影，地点恰巧一样（下图）

初中时期

高中时期

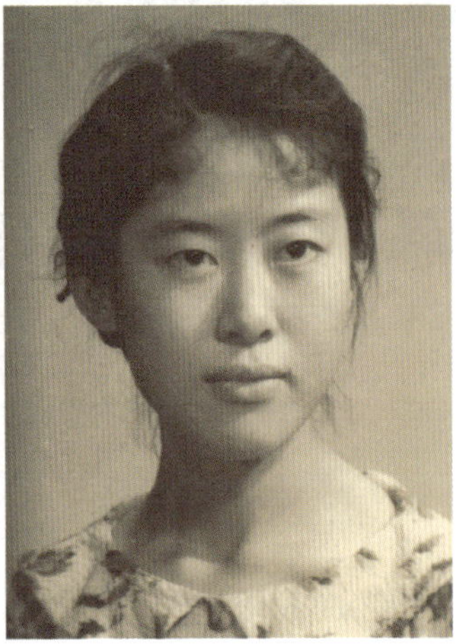

青年时期

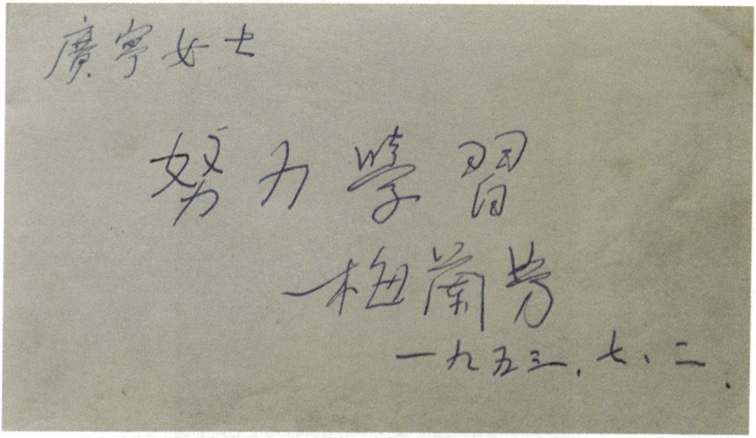

梅兰芳先生的题词

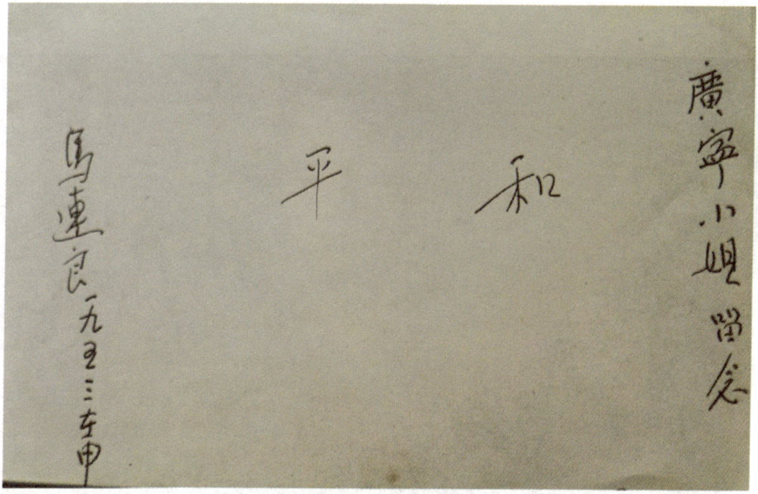

马连良先生的题词

1950 年代潘世炎在华东公安总队

1958 年潘世炎练小提琴

1963 年 10 月和上海歌剧院小提琴演奏员潘世炎结为夫妻时结婚照

新婚之后

在苏州度蜜月

1968 年新华路老屋前怀抱大儿子

1974 年 10 月摄于上海西郊公园

大儿子潘争和小儿子潘亮

1976 年 7 月在家中辅导儿子功课

1977 年全家照

1980 年代中后期全家照

2000 年 12 月和先生潘世炎祝母亲九十寿辰

2001 年 5 月 29 日在哈佛大学看望从事博士后研究的小儿子潘亮

2001 年 5 月在美国纽约，背景中的双子大楼在三个月后的“9・11”事件中遭毁

2002 年 6 月 13 日参加大儿子潘争在加拿大卡尔加里大学的 MBA 硕士毕业典礼

2004 年 11 月 24 日在悉尼歌剧院前

2005 年 6 月 14 日全家于外滩

2016 年 8 月 13 日于克勒门文化沙龙（林秉亮摄）

为沙鸥配音的点滴体会

年初，我应北京青年电影制片厂之邀，为故事片《沙鸥》中的女主角沙鸥配音。说真的，初读文学本（原名《飞吧，海鸥》）和去北京初次接触样片时，我并未一开始就被角色牢牢吸引住。后来听导演谈了影片主题、风格、创作意图，再通过进一步研究影片，分析人物，渐渐地感到这个角色越来越可爱了，到回沪录音时，我已和沙鸥建立了浓厚的感情。

沙鸥是从红领巾时代就打球的运动员，扮演者本身也是排球运动员，具有明显的运动员气质。而我呢，生来好静不好动，对球类运动不熟悉，很缺乏这方面的感性知识。可现在要在短期内塑造人物的声音形象，既不像给外国片配音那样有原片对白声音可借鉴，又没有和扮演者仔细交换意见的机会，这确实给我带来一些困难。可是，沙鸥那句台词“人生能有几次搏”给了我很大鼓舞。沙鸥这句话是在已是老运动员的年龄有感而发的；而我作为一个配音演员也已人到中年，每塑造一个不同的声音形象，确也应该当成是一场搏斗。为了这一搏，应该学习沙鸥的精神，全力以赴。

影片虽着重表现的是沙鸥二十八岁以后的事情，但也反映了她十年前还是个小姑娘时的生活内容。声音运用、感情掌握上，十年前后应有所区别。但在个性强、有毅力这个基点上却是统一的，在表现天真活泼和撒娇淘气时也不脱离是个好胜的强者这一基础。这是人物气质的根本点。语言要真实自然，绝不做作，以表现影片充满生活气息的实感。

十年前她单纯、调皮，声音上要年轻些。在她仿照拿破仑的话说“谁不想当冠军，谁就不是好运动员”等话时，情绪要高昂饱满，吐字干脆有力，节奏轻快，充满朝气。

随着年龄的增长，又经过十年浩劫的挫折，沙鸥变得内在、深沉，但倔强刚毅的秉性非但没有变，而且更加坚定了。因而语调亦要随之趋向于稳重、成熟。声音运用也要相应地低沉些，表达感情也不再是冲口而出，而是经过深思熟虑的了。语言外在幅度不大，但在平稳中应使人感到内在感情的起伏。例如，沙鸥送沈大威时，在候机室里谈起女教练以前曾决心不拿下世界冠军不结婚的往事，随后又说“现在该轮到我了”。我在处理人物这句话时声音虽不大，但语调微微向上，好似轻轻带过但口气十分坚决。

出国比赛未得冠军，返程途中，沙鸥表示：“没有目标就没法生活，我要的是金牌，不是银牌。”前两句我用低而稳的调子一字字地念，到最后一句“……不是银牌”嗓音微微哽了一下，节奏却稍稍加快，以表示忍不住内心激情涌上心来又自己强加抑制的心情。这段话是关键台词，道出了沙鸥的生活宗旨，在平稳中使人感到内在情绪的起伏跌宕。

沙鸥决定离开球场，她向母亲表示："……等大威回来，我们就结婚，我快三十了，不打球了……"她虽是以轻松随便的口吻说这一席话的，但实际上她对球场的感情是难以割舍的。念这些词时要在貌似平静的语言里表达出内心的不平静。我把声调故意提起来些，故作不在乎状，说到"不打球了"却微颤一下。在准备这场戏时，我假设如果要我离开自己酷爱的配音工作岗位，要我说"不当配音演员了"，那内心该多么难受，会真的平静吗？这样设身处地去体验，感受人物当时的心情，在配音表达上就有了内在的感情依据。

沈大威不幸牺牲，沙鸥倒在床上痛哭时，我处理沙鸥的哭声不是号啕大哭，而是急剧、强烈地抽泣。在哭声掌握上用短促、痉挛、压抑不住的噎气声为主，这和双手撕着枕头的形体动作相互配合，反映了沙鸥如撕心裂肺般的极度悲痛。

最后中国女排终于拿到了冠军，瘫痪了的沙鸥含着热泪看电视里的发奖仪式，此处安排了大段内心独白，这是出自肺腑的心声，既不能慷慨陈词，也不能用悲调处理，而要于朴实、深沉中表达内心激动的自然实感。说到奖杯"一定很沉、很沉"，我特别把第二个"很沉"念得扎实，字音稍稍下坠，以示其分量。结尾几句是表示沙鸥的坚强意志和旺盛的生命力。声调还是不高，但一字一句发自心底，铿锵有力。

原载《电影介绍》1981 年第 8 期

以声传情

——致观众朋友

通过译制外国影片，我早已和大家成了朋友，不是吗？平时，我经常收到许多来自全国各地观众们充满热情的来信。好多人说，不看名字也能区别出我的声音，同时，也向我提出不少问题，由于时间有限，难以一一复信。在此和关心我的朋友们谈谈心。

我是1960年考进上海电影译制厂工作的。在这之前并没有受过专业训练，不过是个爱好文艺、刚走出学校的高中毕业生。当时，我一方面为自己的理想得以实现而感到高兴，一方面却又觉得自己要学的东西实在太多了。于是我采取了“笨鸟先飞”的办法，即踏踏实实从点滴学起，如同海绵吸水一样。虽然在边学习边实践中也曾遇到过不少困难，可是，我深深地感到了艺术工作的欢乐与幸福。我爱我的工作，也决心尽力做好它。艺术的道路跟其他科学道路一样，无捷径可走，同时，也并不是平坦的。这些年来，我是在同志们帮助下，在老前辈指点下，一步步走过来的。这一步步中有成功的经验，也有失败的教训。

就我担任配音的角色来说，大多数是一些年轻妇女，她们虽然年龄相仿，但在不同影片中却以不同身份出现。这些角色在原片中各有各的表演风格，各有各的性格特点。因此，在配音上就要抓住各个人物不同的内在依据，通过配音演员的再创作，去塑造好人物，而不能“以不变应万变”，千篇一律地从表面上去模仿。就是同一国家的影片中年龄相似的人物，也是互有区别各有其特色的。例如，日本影片《生死恋》中的夏子、《吟公主》中的吟、《望乡》中的青年阿崎、《白衣少女》中的亚沙子等，虽然都是日本少女，都具有日本妇女那种温柔、善良、钟情的秉性，但由于人物的时代、经历、环境不同，其性格色彩也是各有特点的。夏子和亚沙子虽同属现代社会女性，但是夏子是科学工作者，生活在幸福的家庭中，任性、骄傲，还有些调皮，她在爱情上较成熟，毫不掩饰地热烈追求，大胆表示，充满对幸福的向往，所以夏子的语言节奏跳跃，幅度大，虽柔和但奔放、缠绵。而亚沙子年龄更小一些，虽才十九岁，由于从小父母离婚，经常一个人生活，性格孤僻、忧伤，像个小大人，但她又是幼稚、天真的，在爱情方面充满纯真、稚气，有很多孩子式的东西，原片中她的哭声也像小孩子似的，所以在语言表达上就得注意，不能矫揉造作，不能装腔作势，要表现她的本色，更不能在感情上显得过分黏糊。青年阿崎是落入妓院火坑的少女，她身上有妓女职业性的痕迹，也流露出对爱情、对生活的美好向往，但更多的是无法自拔的痛苦和绝望。要配好这个角色，在语言上就要注意在不同情境下如何表现这多方面的心理。吟公主则是数百年前的日本古代少女，是出身贵族世家的名门闺秀，她敢于大胆冲破封建礼教的束缚，追求自己的幸福，敢于反抗强暴。她的感情虽然热烈，但表现却是内在而深沉的，她的语言带有古典色彩的韵味，外在幅度不大，使人感到她是一个外貌平静、柔和，而内心却是炽热、坚强，是有见解的女性。对于这个角色，配音时就要注意在台词表达上掌握人物特有的语言幅度、感情分寸，绝不能过分，更不能把现代女性的语言习惯硬加在吟公主身上。以上仅举数例说明，配音演员必须根据各种不同类型的影片，从内在出发来“还原”原片。在这方面，我进行了一些实践，但总的来说还很不够，而且时而也会遇到一些困难。这只有继续努力学习，注意积累，才能闯过一个个艺术上的难关。希望观众们经常提出宝贵意见。

原载《电影评介》1980 年第 6 期

遥寄深情

能和朋友们谈谈自己的工作体会，感到很高兴。

我在学生时代，就是文艺爱好者。高中毕业后，考进上海电影译制厂从事配音演员工作，至今近二十年了。这些年来，我在艺术道路上得到不少收益，这都和老前辈的指教、同志们的帮助分不开的。我非常热爱我的工作，同时也越来越深地体会到要干好这一行可真不容易。译制片配音演员要接触许多国家各种类型的影片、各种不同的角色。要使自己的配音符合原片，首先要从人物的内心世界，而不是以人物的外在表现为依据来着手进行角色的再创造。一个配音演员不仅在语言表达方面要严格要求，而且要善于学习各种文艺作品，开阔眼界，了解多方面的知识，平时注意丰富自己的艺术积累。

我担任配音的角色，以青年妇女居多，她们在各类影片中以不同身份出现，各有自己的性格色彩，因而在语言处理上就必须根据原片提供的基础，深入分析理解，从角色的内在出发，还她们在原片中的不同面貌，还其原片的不同风格。

不久以前我完成了美国影片《恶梦》中白人女大学生卡茜这一角色的配音工作。接触这个角色后，我根据原片，并以一些文艺作品中描写的当代美国姑娘为参考，在准备工作过程中通过谈戏、分析剧本，进一步深入挖掘人物身上特有的气质，作为配音的依据。

卡茜和她的黑人女同学黛安，利用假期出来认识世界，探求生活，用她自己的话来说是“出来见见世面”。影片一开始，二人驱车疾驰的开场戏，就很鲜明地突出表现了她开朗、单纯，具有大多数美国少女的猎奇心理和对生活充满美好幻想的一面。读词上要抓住这个基调来处理。正因如此，她后来对自己突然遭到的不幸才感到如此不可想象，难以理解。对她的一系列表现不能简单处理成自觉反抗，而是对在自己生活里出现这种事感到不能想象的结果。这是人物身上特有的东西。如果不抓住人物内心世界，那人物性格就不鲜明，就都一般化了。

译制片一经全部译配结束合成后，就不能再改动了。有时在完成一部影片后，看到自己的不足之处觉得很遗憾。所以要及时总结经验，不断提高自己的艺术水平。

经常接到同志们热情的来信，在此感谢大家的关心。我一定把大家的鼓励作为前进的动力，并希望同志们经常提出宝贵意见，帮助我把工作做得更好，以此向同志们汇报。

原载《草原银幕》1980年第4期

中学生朗读答问

今年3月的一个星期六下午，配音演员刘广宁同志回到母校上海市第四中学，参加了该校语文朗读小组的一次课外活动。在活动中，同学们向她提出了许多问题，她都一一作了回答。下面就是答问的记录。

问：提高朗诵水平要从哪些方面着手？

答：我认为，首先要理解作品。你理解了，才能知道每一段用什么感情来感染听众。比如刚才念的寓言（指《针和线》），"针"的骄傲是很愚蠢的。单单你一个"针"的话不能完成衣片的缝制工作，必须和"线"合作。对于"针"可以带一点讽刺，但又不是恶意的讽刺，而是使人从这件事情上得到教育。你设计时就要带着这样的感情，把感情融化在念的词里面。其他像声音的锻炼那是后一步的事情。

问： 配音演员好像有超人的背功，记忆力比一般人好。请问在背诵上有什么诀窍？

答： 记东西不能死背。把书本上的东西告诉别人，要有整体感和立体感，要有活的东西，要有视像，在这个基础上记东西要容易一些。如果是写园林风景的，你脑子里就应有一个园林的布局，而不是就字面来背，你脑子里首先得有个画面。我从前背书就是这样背的。

问： 读课文时不知怎么搞的，越读越快，好像有人赶我似的，怎样克服这个毛病？

答： 年轻的同志，心里急，太紧张，就是怕念错，心想，赶紧把它念完算了。在青年演员中也有这种情况。要改变这种情况，首先心里不要着急，把自己稳住。我自己也经过这样的阶段。我当时念得快就是生怕出错，我希望赶紧完成这个任务，心里一急，势必引起紧张，不由自主。

问： 听别人讲比较容易，自己学的时候就很难，如前后鼻音分不开怎么办？

答： 越是困难的地方越是要多练习、多念，自己给自己找难题。把这些字放在一起多念，就是这个笨办法，没有捷径。越是念不出，越是要念。至于要不要加儿化韵，这要以具体用法来决定。要多翻字典，经常用的，可以拿个笔记本抄出来。我们读台词有时遇到几个音在一起，念起来感到舌头转不过来，这就需要多练。

问： 如何设计朗读的声音？

答： 声音不是凭空设计出来的，声音是传达感情的，还是应从你对人物的理解出发，考虑你如何来刻画他，而不是把声音硬加在人物身上。要根据人物的不同性格来设计声音。

问：《沙鸥》中有一句台词："我要的是世界冠军，要的不是银牌而是金牌。"你如何理解？

答：我个人认为，沙鸥所说的要金牌，不是个人英雄主义，她不是个人要得到什么，不是个人要飞黄腾达。如果是这样的话，她决不会冒着瘫痪的危险去教下一代年轻的运动员。在她瘫痪的时候，已经不能再打球了，得金牌也不是她的了，但她还是拼尽全力地教，终于使她教出来的年轻运动员得了冠军。她说的"我要的是金牌而不是银牌"，意思是说："我的目的不在于此，我不是单单为国家争个亚军就够了，而是我们国家老早应该得冠军，就是因为十年动乱落后了十年，现在一定要赶上去。"沙鸥，她是一个普通的人，情绪有低落的时候，但不完全是懊丧的心理，如果说有，就是刚才我说的情况。沙鸥那个时候的情绪是低落的，可是我念这句话的时候不把它处理为沮丧的，结合扮演沙鸥这个角色的演员的表演，应表现出沙鸥激奋向上的心理，应该表现她的那股韧劲。虽然，她的台词起伏并不大，但是内容有深度，有潜在的东西。影片开始和结尾沙鸥的内心独白虽不是大声能念出来的，但有其内在的起伏。

问：文章后面有感叹号、省略号应该怎么表达？

答：这要看整部作品，看前言后语，不能用一种模式套。哪篇文章都得从头领会起，要知道这个句子在文章中占什么样的地位，应该表现些什么，不是一定的。具体情况具体分析，不同文章是不一样的。

问：你对自己哪一部电影的配音最满意？

答：我对自己配的戏没有一部是满意的，这倒不是我谦虚，我总能找出一大堆毛病。遗憾的是，电影是一门综合的艺术，录下来就无法改了。但有一个有利的条件，我可以经常听自己录制的配音，经常揣摩，以便今后改进。

整个活动的时间虽然只有两个多小时，但同学们的收益很大。刘广宁同志善于揣摩同学们的心理，她以自己的亲身经历、艺术上的得失，有针对性地启发、诱导同学，为同学们上了一堂生动活泼的朗读课，也使同学们增进了对朗读的兴趣。

原载《语文学习》1982 年第 8 期

2006 年 4 月 16 日于中央电视台《流金岁月》现场

2006 年 11 月录制《魅力人声》

2006 年 11 月录制《魅力人声》时难得相聚

2014 年“苏秀下午茶”现场

2014 年 4 月 18 日国家大剧院《辉煌年代》演出现场

2014 年《辉煌年代》上海场发布会

2014 年 10 月《辉煌年代》上海演出现场

2015 年《声音的味道》发布会现场

2015 年《声音的味道》演出现场

2015 年《声音的味道》演出现场

1997 年 6 月 1 日与潘我源于香港

2006 年 4 月 17 日与曹雷(左一)、苏秀(右二)、李梓(左一)、童自荣(后)相聚在北京

2009 年 10 月 31 日与曹雷(左一)、赵慎之(右二)、程晓桦(右一)于东方艺术中心后台

2013 年 9 月于上海电影博物馆

2014 年苏秀生日餐会。右为苏秀，左为赵慎之

2014 年 1 月与童自荣（右一）、孙渝烽（左二）、程晓桦（左三）录制纪念李梓节目于电台

2015 年 12 月赵慎之追思会。孙洁（前排左一）、任红（前排左二）为本书出版鼎力相助，陈飞雪（前排右三）给予了热情鼓励

附录

众人眼里的刘广宁

黄金年代最清甜的声音

——近访著名配音演员刘广宁

“小孩，过来，你想亲就亲一下吧。”英国电影《孤星血泪》中，埃丝黛拉用美丽的外表震慑着少年匹普，又用倨傲的声音掩藏自己孤寂的内心。她，美艳不可方物，任性又乖张。隐身幕后为其配音的刘广宁，用声音把这个表面风光、内心荒凉的姑娘生动地塑造出来。

时光走远，记忆永存。这一抹甜美高傲的声音停驻观众心底，再没离开。用声音塑造人物，这个浪漫的艺术工作是刘广宁的一生挚爱。天赐的优美嗓音、深厚的文学造诣、严谨的工作态度，叠加的结果就是数不清的经典银幕角色。回忆过往，因为扎实地走来而充满喜悦。刘广宁说，她这辈子最爱的地方就是录音棚。

一封自荐信叩开配音之门

刘广宁走上配音之路，竟然出自一封自荐信。

1960年，上海电影译制厂拟招收一些配音人才。得知此消息的刘广宁大胆地写了一封自荐信，表达了自己对朗诵、配音的喜爱。这封出自中学生之手的稚拙信件，幸运地敲开了机会之门。在上译厂随后举行的面试中，刘广宁朗诵了一篇自己准备的文章，又朗诵了一篇老师现场给出的篇目。独具特色的优美音色和纯正流畅的腔调令她一举胜出。在当年的七个考生中，她是唯一被录取的佼佼者。

刚刚走入上译厂，刘广宁接手的是一些零碎角色。她记忆深刻的是1961年那部经典的动画片《大闹天宫》，邱岳峰老师给孙悟空配音，自己配的是大仙女。那时，给内参片配音工作渐多，银幕上出现越来越多年轻美貌的女主角，给她们配音自然也要找年纪轻、声音甜美的女配音演员，也就是从这时起，刘广宁开始担当重任，属于她和译制片的黄金年代正是从那时开启。

但在当时，为内参片配音可不是镀着金边的职业，而是不能为外人讲的工作。白天在录音棚忙了一天，为"封资修"的"大毒草"外国电影配完音，晚上回到家却只字不能向家人提及。刘广宁说，这个工作真是没名没利，影片既不会公映，也不会打上配音演员的名字。纯粹是发自内心地喜爱，才会投入无比的热情和精力。她笑称，也不能说配音工作没带给自己好处，最大的收益就是可以拿着特批证到位于徐家汇的"藏书楼"去借阅外国名著。"特批"的目的是让配音演员读原著，尽快熟悉所配影片的角色，而这也让熟读《红楼梦》《镜花缘》等中国古典文学的她，因缘际会外国文学，《笑面人》《悲惨世界》《傲慢与偏见》等一大批名著就是在那时"利用工作之便”读完的。

不食烟火的美丽声音

《魂断蓝桥》中的玛拉、《生死恋》中的夏子、《叶塞尼亚》中的路易莎、《冷酷的心》中的莫尼卡、《绝唱》中的小雪……想到这些经典的美丽人物，刘广宁甜润的声音就在耳畔浮响。

刘广宁的嗓音有一种天生的妩媚，又甜又纯，尾音里总像拖着细密的糖丝，化不开却甜不腻。那时常看译制片的观众，非常了解每位配音演员的风格特质，观影前看看故事简介，就开始在心中估计谁会为片中男女主人公配音。但凡为气质柔美的女主角配音，一般都非刘广宁莫属，她也因此在观众心中留下了“公主专业户”的印象。可是，印象有时也会来自错觉。刘广宁更正说，自己满打满算就配过两个公主！显然，是她没有烟火气的声音最契合公主娇柔高贵的身份，观众才会产生如此印象，但是，谁不愿意保有这个美好的错觉呢？

拥有人人艳羡的好声音，简直就是为配音工作而生。但刘广宁认为，声音好不好听没有严格明显的标准，再好的先天嗓音，也要会用才行。简而言之，就是每一部好的外国影片，都有它的精髓，片中每个人物都有自己的光彩和特性。只有抓住原片，还原原片，把角色的光芒配出来，才能称为配得好。配音演员倚仗个人嗓音条件好，罔顾原片气质，随心所欲地配，那只是卖弄自己的声音。

刘老师比较满意自己在《尼罗河上的惨案》为杰基的配音。她说，这个人物性格复杂立体，她的多面性给配音演员很大的发挥空间，她的每一次出场都有戏可做。她再举一例：

在当年风靡全国的影片《叶塞尼亚》中，妹妹路易莎美丽善良，但原片中出演这个角色的演员声音并不好听，是个烟酒嗓。她在配音时，并没有去模仿原片里的声音，而是根据角色的特质，赋予路易莎一种清新的嗓音，这个新声音显然和角色更登对。

尽管声音被广大观众所熟悉，但刘广宁一直在配音中寻求变化，她最反感的就是千人一腔。她认为，配音演员的声音可塑性有大小，这是先天决定的，但演员可以通过后天的学习磨砺，使自己掌握自由转换声音的能力。这种能力比先天具有好嗓音更为重要。印度电影《大篷车》中的吉卜赛女郎妮莎，敢爱敢恨，充满野性，她招呼男主人公莫汉的那句"小辣椒"甚为经典，刘广宁把妮莎既爱又妒，故作冷淡实则热烈的情感表达得淋漓尽致。习惯了听她配柔顺美丽女性角色的观众，都惊异于她所配角色性格跨度之大，声音表现力如此之强。

那些黄金搭档们

许多观众都有对刘广宁的错觉。因为声音甜美"善配公主"，而声音风流倜傥的童自荣经常为王子们配音，刘广宁和童自荣就在观众心中顺理成章地成为黄金搭档。刘老师笑着再次更正："哪里，我和很多人都搭档过，最早是伍经纬，后来有胡庆汉，童自荣是再后来的事。"

上译厂的黄金时代，对台词的考究已到了不厌其精的程度：哪个年代该称"国王"，哪个年代要叫"皇帝"；什么情况译为"饭店"，什么情况称为"酒店"，都要细细推敲。译制有关医院的片子，一定要到上海的医院求教专业名词的准确性。济济一堂的配音艺术家之间还要讨论业务，交流学习，有时为了寻找更合适的声音，还会从其他单位借调配音演员。

说到这里，刘广宁提到自己另一个搭档，竟然是电影表演艺术家孙道临。刘广宁回忆说，那是1970年代末的一天，一位中国唱片厂的女同志到上海电影译制厂找她，说受上海外语出版社委托，拟录一部教外国人说中国话的有声教材，这也是中国第一部有声读物。对方听了几十个音带后选中两个声音，女声就是刘广宁，男声则是孙道临。四十多年过去了，刘老师现在还清楚记得教材的名字，一部是《实用汉语600句》，另一部是《汉语口语900句》。

从未真正退休过

已经七十六岁的刘广宁身材清瘦，容颜秀丽，和她根植于观众心中的甜润嗓音极为契合。但老太太讲起话来很有力量，直率犀利，不遮不掩，坦诚中有鲜明的个人观点。

采访配音艺术家，中国译制片日渐衰落的事实是绕不过去的话题。刘广宁干脆地说，译制片就是个片种，它是一群人的一次再创作，欣赏译制片和观看原版片根本没有矛盾，两个片种不会打架。“大家不能简单地理解译制片，它的作用不仅限于给不懂外语的人翻译明白内容，它是一种声音艺术的再创造。过去也有专门的电影院，放映原版片，不同需求的观众可以进不同的影院，片种之间是平行的。”她说。

虽然已经七十多岁的她称自己从来就没有真正退休过，各种演出录音邀约不断，每个月都要出去几次。最近的工作是为周信芳诞辰一百二十周年做了一档录音节目。不为更多人所知的是，刘广宁的声音还经常出现在儿童有声读物中，她录过《少儿唐诗》《白朗宁夫人十四行诗》等很多少儿读物，孩子们能在她的天籁美音中学习文学，真是欣幸无比的乐事。

老太太说，她最喜欢录音棚，要一直坚持去工作，否则自己会傻掉。至今，她还保持着录音前温习背诵台词的好习惯，但她不认为这是什么值得称道的美德，“这就是一个演员该做的本职工作啊”！她对字词发音非常讲究，比如专有名词“西瓜霜”，必须平着念。

认真、敬业、规范、精致，这是配音艺术家刘广宁的特质，也是中国译制片金色年代的显著标识。

匡彧：2015 年 6 月 2 日《深圳特区报》

路，从这里开始

——记配音演员刘广宁

她的起步

夜深了。外滩的幢幢高楼都闭上了星星般闪烁的眼睛。沿江大道上，车流隐了，人潮退了。只有堤墙外的浦江潮，还在永无止息地喧哗着。

此刻，坐落在黄浦江畔的上海人民广播电台的录音室里，一切还在紧张地进行着。

“不,不要说,真的不要说,什么也别说……到秋天,自然会结果……而夏天是生长的季节,一切都欣欣向荣……还是让它自己生长,让它生长吧!”

急切的“不”字道出了少女情窦初开的羞涩,充满激情的寄语中蕴含着脉脉深情。一个性格开朗、思想活跃,既有主见,又充满理想的新一代女大学生形象呼之欲出。这是根据张抗抗同名小说改编的广播剧《夏》中,女主角岑朗的一段台词。演播者就是上海电影译制厂配音演员刘广宁。

录音结束了。还沉浸在角色感情里的她,缓缓地步出录音室,来到外面的排练大厅。略带湿腥味的江风送来一阵沁人心脾的清香。啊,想起来了,眼下正是广玉兰花盛开的时节。多好啊,广玉兰花!花色是这般纯净,花香是这般浓郁。你在绿叶的掩映下,把芬芳无私地献给了大地。刘广宁舒展了一下修长的身材,抬手抹去脸颊上沁出的汗珠,环顾着空寂的大厅。多么熟悉的嵌花屋顶,多么熟悉的水晶吊灯,还有这高大的窗台、绛红的地毯。记忆,一下子缩短了岁月拉长的距离。二十多年前,她,不就是在这儿开始接受语言艺术的熏陶吗?

那时,她还是一个稚气未脱的女学生。在业余广播剧团的女孩子群里,数她个儿最高,又数她年龄最小。俗话说,三个姑娘一台戏,何况她们又都是来学戏的。每次活动,整个大厅里就像飞来了一群百灵鸟,叽叽喳喳,热闹极了。刘广宁的性格却是内向的,她平时言语不多,说话都感到腼腆。但她酷爱着这儿的艺术气氛。哪怕学校里功课再多,时间再紧,她也舍不得放弃一次“跑龙套”的机会。直到今天,她还深深地感激着当年辅导过自己的启蒙老师们。特别是那位双目失明的沈阳老师，他虽然从未见到过自己的学生们长什么模样，但能根据一声吸气、一个喉音，便可唤出他们的名字来。艺术道路上的学步，不正是由这些呕心沥血的老师们扶着，迈出第一步的吗？

1959年高中毕业，刘广宁这位各科成绩都名列前茅的市四女中高才生，成了任课老师们激烈争夺的对象。语文老师怂恿她："小刘，你搞文科最适合。"数学老师劝导她："广宁，你考数学专业有绝对的把握。"

刘广宁带着歉意，嗫嚅地谢绝了老师们的好意："我，我想当一名演员！"

十七八岁姑娘的心事最难猜。老师们都为这位外表文静的学生的选择惊讶了。在他们的心目中，刘广宁应该成为文学家，也可能会成为数学家，却怎么也不能设想会和舞台上的艺术家发生什么内在联系的。从事多年教育工作的老师们，都深信自己为学生选择未来的判断力。他们郑重其事地向她提出了忠告："小刘啊，在选择自己未来道路的时刻，千万不能凭一时冲动，草率从事哇！"

亲爱的老师们，只是在这一点上，你们的判断力都发生了偏差。追溯起来，刘广宁要当演员的理想，还是在很早很早以前就立下了。

刘广宁出生在香港，幼年随全家来到上海，在祖父母身边度过了童年。五六岁上，祖父母酷爱的京戏成了她接触艺术的启蒙。从她随着祖父在坐椅扶手上轻叩京剧板眼而哼唱之时，她也许会成为一名出色的"梅派"弟子，她确曾去报考过戏曲学校和戏剧学院。或者，她也可能会成为一名出众的话剧演员，因为她从小就会讲一口纯正的普通话，她也确实去报考过中央广播电视实验剧团。可人生的道路上，并不总是绿灯高挂的，她一连吃了好几次闭门羹。登上楼顶的晒台，姑娘多少次默默地眺望着天边绚丽多姿的晚霞。心中的理想，难道就如这变幻无穷的云彩，可望而不可即吗？她不禁想起了姑妈当年的遭遇。

姑妈是位好强的女性。早年曾在柏林大学读书。第二次世界大战爆发，她离开德国到香港大学攻读英语专业。来上海后，由于没有职业，又缺少政治背景去寻找更好的工作，见一家影院招聘"意译风"小姐（那时中国还没有翻译片，一些大影院都配有"意译风"耳机。观众看电影时，由译员把台词对白当场翻译出来）。她决心凭着自己的本领去考。果然，她以流利的翻译和音色博得了考场上所有人的赞赏，当上了译意风小姐。然而，后来她却遇到了另一位强有力的对手——一位有地位又送得起厚礼的阔小姐。对于阔小姐来说，这或许只是为了一时的罗曼蒂克；而对姑妈来说，却意味着失业和饥饿啊！在竞争中，姑妈失败了，这是必然的。在那个社会，一个人的真实价值和他的社会价值必须加上另一种润滑剂才能得以协调，而这种润滑剂正是那个社会的核心——金钱与权势。

晚霞染红了天边。刘广宁从遐想中醒来，金钱与权势决定一切的时代已经过去了。前途在每个奋斗者的脚下！刘广宁在碰壁中撞出了更顽强的火花。

人生的道路是漫长的，而关键性的时刻却只有那么几步。

一次很偶然的机缘，刘广宁得知上海电影译制厂招收配音演员的消息。跃跃欲试的强烈冲动，竟使她久久不能入睡。姑娘一掀被子起床，连夜给上海电影译制厂的领导写了一封信。洋洋洒洒两大张，反反复复一句话：要求参加考试。几天之后，想不到一封毫无背景的毛遂自荐信，竟得到了上海电影译制厂郑重其事寄来的考试通知单。更想不到的是，上海地区一起去的七个人中，竟然只录取了她！当一件渴望已久的东西突然在一个早晨属于你的时候，你往往会怀疑它存在的真实性。刘广宁直到写信向姑妈报喜的时候，还有这种感觉。

在北京外贸学院任教的姑妈刘庄业得到侄女的这一喜讯时，感慨万千地提笔给刘广宁写信："孩子，你真是太幸福了！我要是年轻三十岁，真会嫉妒死你的！"

谁不羡慕啊，她的起步是那么成功。老师和同学们都来向她祝贺。然而，赞赏声、祝贺声在刘广宁的心里却混合成了另一个声音。那声音由远而近，越来越响，以至于使她不得不离开大家一个人登上了楼顶。天边的霞光已经由火红、金黄变成了绛紫、铁青，天就要黑了。刘广宁的心里却和万家灯火一起亮了。"任重而道远"，她第一次真正地感受到了这五个字的分量。

为了采撷最醇的蜜

"语言是一切事物和思想的衣裳。""它不是蜜，却可以粘住一切。"高尔基的这两句名言，刘广宁很小的时候就曾工工整整地抄录在一本笔记本的扉页上。然而自从踏进电影译制厂的大门，当上了配音演员，她对这两句话才有了更深切的理解。她想，为了“粘住”千百万观众，就得采撷最醇的蜜。

刘广宁是作为见习演员而进上译厂的。当时厂领导并没有指派专门的老师辅导她。但在她心目中，厂里的同志们都是自己的老师。她牢牢记住陈叙一厂长说过的话：“当个演员，平时要多积累，不能现买现卖。读书要多而杂，等到要配莎士比亚的戏了，才读他的书就晚了。”说到文学的积累，刘广宁倒是得天独厚的。四五岁上祖父就教她背“床前明月光”“春眠不觉晓”等唐诗了。刚学会识字，《木偶奇遇记》《小公鸡历险记》就与她成了莫逆之交。再稍后，《安徒生童话》《天方夜谭》又把她领入了神奇的世界。十三四岁开始啃《红楼梦》《镜花缘》。同时，也阅读了不少鲁迅、丁玲和高尔基的著作。在中学期间，更是阅读了大量18世纪、19世纪的世界名著。正是从小打下的文学底子，使她在以后领会剧本主题、了解作品背景、理解角色感情方面获益匪浅。但是，刘广宁并没有满足已有的文学积累。直到现在，她还是忙里偷闲，剧本、小说、散文、诗词、访问记等，什么都读。她很欣赏古希腊哲学家芝诺的比喻：人的知识就好比一个圆圈，圆圈里面是已知的，圆圈外面是未知的，你知道得越多，圆圈也就越大，你不知道的也就越多。真所谓书到用时方恨少啊！

最初参加配音，刘广宁很注重在口型、声音的模仿上下功夫。《同一条江》是她参加录制工作的第一部影片。虽然属于她角色的台词只有两句交代性的话，可为了这两句话，她对着原片演员的口型和声音反反复复不知念了有多少遍。录音时，她却还是紧张得连声音都有点发颤了。

“刘广宁啊刘广宁，你往日的勇气呢？！”她气恼地自问。

"噢,不要紧,谁都有这一关的。"导演悄悄地安慰她。

咬咬牙,闯过来了。两句台词一身汗,不亚于百米冲刺。等这部电影上演,她悄悄地买了张票,忐忑不安地坐在观众席上。银幕上,她配音的角色一晃而过,根本就没给观众留下什么深的印象。可她却已出了一身汗。"不像,一点儿都不像是角色说的话!"她狠狠地挑着自己的刺儿。

人们都说电影是一门遗憾的艺术,这话不假。看自己配制的影片更不轻松。可每录制完一部影片,刘广宁总要坐到观众席上去,用最苛刻的眼光来挑剔自己的毛病。在她眼里,几乎没有一部的配音能完全令自己满意。当然,遗憾只能留在下一部影片中去弥补了。有人劝她:"你是当演员,又不是当苦行僧,何必对自己这么苛刻呢?"刘广宁淡淡地一笑,算是作答了。她知道,玉不琢不成器,铁不炼不成钢。在艺术的道路上每前进一步,都意味着对过去一步的否定。不断地否定之否定,才能不断地向艺术的高峰攀登。

在艺术的实践和探索中,刘广宁的信条是:"笨鸟先飞。"没有专门的老师教,她就成天钻在录音棚里看其他演员对口型,练对白,配录音,连男角色的戏也不放过。从每个人身上吸取对自己有用的东西。慢慢地,她悟出了道道。配音演员在对口型、找节奏、进行排练的同时,一定要注意原片演员表演的细枝末节,反复琢磨其表演分寸及语言起伏,哪怕一个眼神都不能忽略。尽量使自己塑造的声音形象同原片人物的内心世界相吻合。

多年以后,当厂里又来了新演员时,轮到喊刘广宁为老师了。刘广宁觉得自己实在没什么东西可以教给他们,便把自己当年“偷戏”的经验告诉了他们。为此，还闹过一个笑话呢。

有一个前几年从戏剧学院毕业后分配来厂的青年演员，她的艺术进取心很强。一次，录音棚里正在进行对白配音的实录。演员们在导演的启示下已培养感情进入了角色，录音师也已严阵以待准备开机。就在这时，这位年轻演员端着个小板凳，堂而皇之地在银幕前坐下了。演员们抗议了！面前坐这么个丫头，情绪还不全给破坏了！导演一询问才弄明白，原来她是学刘广宁来“偷戏”的。可这已不是在“偷”，而是在“抢”了。“真是青出于蓝而胜于蓝啊！”导演充满爱怜地苦笑着。

从第一次担任保加利亚电影《第一课》中的女主角到现在，刘广宁已先后在一百六十多部影片中担任过主要和重要角色的配音。如果包括配角影片，那就有近三百部了。而她，不管担任主角还是配角，哪怕仅配一句话，都要下功夫，尽量挖掘角色表演的原始依据，化为自己的创作意图，以此来设计声音，运用语言，把充沛的感情注入自己的台词表演之中。

刘广宁喜欢演多侧面的角色。她知道，突破自我雷同是配音艺术的一种很高的境界，她刻意追求的就是要达到这一境界。不管所配角色的性格与自己是否相近，不论自己对角色的喜爱、熟悉程度如何，她都努力捕捉住人物情绪的微妙变化，通过控制发音部位调节自己的音色，来造成不同音域的共鸣，并利用对白停顿或交流中的换气、喘息、感叹来增强口语的生活实感。二十多年来，她塑造了很多不同类型的角色，如《望乡》中青年时代的阿崎、《叶塞尼亚》中的路易莎、《白衣少女》中的亚沙子、《吟公主》中的吟、《生死恋》中的夏子、《尼罗河上的惨案》中的杰基、《鸽子号》中的帕蒂、《古堡幽灵》中的夏洛蒂、《大独裁者》中的海娜，等等。这些角色中，有大家闺秀，也有沦落的妓女；有现代的女性，也有古代的公主；有善良单纯的姑娘，也有狡诈凶狠的女人。同是青年姑娘，但却个性不同、经历殊异。刘广宁准确地把握住了人物思想感情的脉络，赋予相应的声音基调，或婉转圆润，或冷酷无情，或甜美，或深沉，或充满了孩子的稚气，或显露出腾腾的杀气。声情并茂、惟妙惟肖，即使和她有过交往的人，甚至是熟人，如果看电影时不加以说明，也不容易分辨出影片中哪个角色是由刘广宁配音的。

如果要说世界上哪一类演员最不爱抛头露面的话，那大概就是配音演员了。刘广宁说过："要当好配音演员，就一定要甘当无名英雄。要让观众看电影时感到是原片人物在说话，而不是我刘广宁在配音。"要是电影散场后能听到有观众说一声："这角色我怎么听不出是刘广宁的声音呢?"这就是对她的最高褒奖了。

近年来，刘广宁的戏路又有了新的开拓，她开始为男孩角色配音。意大利影片《父子情深》里的卢卡就是配得较为成功的一个。此外，她还担任了国产故事片《天云山传奇》《胭脂》《小城春秋》《沙鸥》等片的配音任务，为塑造性格丰满的中国妇女形象作了新的探索。

成名之后

"要爱心中的艺术，而不是爱艺术中的自己。"艺术大师斯坦尼斯拉夫斯基的这句至理名言，是刘广宁的座右铭。

这几年，刘广宁的名气渐渐大起来了。电台录音、电视录像、报刊载文介绍，还有不少演出团体邀请客串演出，从全国各地寄出的一封封热情洋溢的观众来信更是纷至沓来。有一次，刘广宁还接到过一个奇怪的电话：“刘广宁阿姨，您好！”话筒里传来了嫩声嫩气的声音。刘广宁刚要询问，电话却被对方挂断了。过了一个多小时，电话铃又响了起来，话筒里是一口浓重的广东客家话。原来，刚才那个电话是一位澳门小姑娘打来的，她非常崇拜刘广宁。这次随母亲到大陆来观光，就特地在旅馆里给刘阿姨打电话，可电话接通后又不知说啥好了。母亲知道她打了个没头没脑的电话，就又打来电话表示歉意。

这一切，都使刘广宁深受感动。她想起了周总理当年对向隽殊的谈话。总理说：“你们配音演员，是幕后英雄。今后翻译片的字幕上，应该出现你们的形象。”

银幕后的英雄被请到大庭广众，这是党和人民给予的莫大荣誉。在舞台和录像机前，在赞美和喝彩声中，刘广宁却还像当年那么腼腆。她不习惯五光十色、众目睽睽的舞台，倒更爱光线暗淡的录音棚。路是从那里开始的，那里才是理想的天地，驰骋的疆场。

“人怕出名猪怕壮”。在众多的观众来信中，也有使她感到为难的。刘广宁收到过不少慕名而来的青年人的信。有学她“毛遂自荐”的，有求她帮忙拉一把的，有向她讨教成名秘诀的，还有托她代买吃了能有好嗓子的“灵药”的。来信大都表达了要走“刘广宁道路”的决心。刘广宁真想给每一位年轻的朋友都写上一封回信，告诉他们，刘广宁只是一个普普通通的演员，既没有什么灵丹妙药，也没有什么成功的秘诀，更没有“开后门”的权力、“拉关系”的本事，甚至连在影片中配什么角色都没有自己随意挑选的份儿。“刘广宁的道路”并不是花团锦簇的。和一切艺术道路一样，这儿同样充满了艰辛、困苦和挫折，每前进一步都要付出巨大的劳动。

只有体验过劳苦的人，才不会嫉妒别人丰收的喜悦。中秋之夜，上海电视台组织了一台精彩的赏月文艺晚会。从屏幕上看，名演员们个个风度翩翩、潇洒轻松。刘广宁也应邀参加了演出，她朗诵了《生死恋》中夏子思念大宫的一段独白。温柔甜美的嗓音为观众们再现了夏子的风采。可很少有人知道，这银幕后面的“夏子”那天是在工作了一整天以后连夜赶到丁香花园参加彩排录制的。等录制完毕回到家里，时钟已敲响了黎明6点。而8点，厂里的录音棚里又在等着她开始另一个角色的语言创造了。

对一个配音演员来说，这并不是绝无仅有的事。那是另一个深夜，刘广宁和同事已经在录音棚里连续工作了十多个小时了。这是一批紧急任务，需要尽快录制完成。可那几天，刘广宁正患感冒发着烧，阵发性的咽炎纠缠着她，连说一句话都痛得直冒冷汗。刘广宁没有吱声，她知道，一停下就要影响一摊子，她甚至连医务室都没顾得上去。可屋漏偏逢连夜雨，所配的角色到后来又要哭又要笑的，情绪起伏特别大。很快，她的嗓子就哑了。一咳嗽，痰里还带着血。等她在录音话筒前讲完最后一句台词时，导演才发现，她的嗓子已哑不成声了。可再听录音效果，同志们却怎么也无法相信，这甜润的音色怎么会出自已经严重充血的嗓子。要问这里有什么灵丹妙药的话,那只能说这是出自一个演员对自己事业的爱和由此产生出来的奇迹般的毅力。

并非闲笔

有人说,介绍一个知名人物,如果只讲他事业上的功名和成就,却讳言他的私人或家庭生活,讳言他对日常生活的看法,那是无法将人物真实而全面地介绍给读者的。此话不无道理。那就让我们在追随她艺术脚印的道路上小憩一下,到刘广宁家里去做一次客吧。

这是国庆节前一个星期天的下午,我们来到刘广宁家里。十六平方米的房间,一大一小两张床,占据了最显要的空间。以现时上海普通家庭的要求来衡量,家具陈设就显得寒碜了一点。请客人坐的几把沙发椅子,已经露出了棕丝"肚肠",据说这是两个儿子小时候关在家里没人照管时"大闹天宫"留下的痕迹。去年电视台来刘广宁家采访录像,摄影师捧着录像机展不开镜头。为了拉景深,最后煞费苦心地在大衣橱的镜子里做文章。

我们这次走访,刘广宁来开门时身上还系着围裙,显然家里刚进行过大扫除,擦过的地板还湿漉漉的。这时的刘广宁看上去倒更像个贤惠的家庭主妇。她一边招呼我们坐下,一边抱歉地说:"实在对不起,家里乱得很。明天开始就没工夫顾家了,只好提前掸尘迎国庆了。"她看了一眼躺在病床上的爱人老潘,又说:"本来这是他的任务,可倒好,节骨眼上他躺倒不干了。"听她这语气,与其说是埋怨,倒不如说更充满着温柔和体贴。

老潘笑着接茬道:"也该着我享几天清福了。"

刘广宁真挚地说："可也是的，这个家，还多亏他挑着大梁呢！"

无须赘说了，这是一个和睦互敬的家庭。

老潘是上海歌剧院乐队的小提琴手，还担任着乐队副队长，业务工作加上行政工作，够他忙的。文艺界双职工的家庭，特别像他们这样的中年人，困难要比一般家庭多得多。两人的工作时间根本不能以八小时来计算。特别是刘广宁，既要当演员，又要当母亲，可工作压在身上，就得挤出当母亲的时间。不说有时为了赶任务，几天顾不了家是常有的事，就按平时的工作量来说，翻译片译制工作节奏快，大量的案头工作和背诵台词都是下了班回家做的。

一次在为《尼罗河上的惨案》中的杰基配音时，因为这个人物感情幅度很大，语言上的起伏也很大，刘广宁为了塑造好这个人物，整天琢磨，几乎到了痴迷的地步。一天吃好晚饭，家庭成员各就各位，开始忙自己的事情了。突然，刘广宁尖声怪气地叫了起来，把老潘和两个儿子都吓了一跳。小儿子嘟起了嘴，埋怨妈妈："这么汗毛凛凛的，吓死人了！"

刘广宁眼一亮，兴奋地问丈夫和大儿子："你们也是这么感觉的吗？"

丈夫最理解自己的妻子，笑着点头问她："看来你那个杰基魂已附体了吧！"

这次访问，老潘抱病参加了我们的谈话。他是搞音乐工作的，可谈吐之中我们发现，他对语言艺术、舞台表演还相当精通呢。

说到配戏时演员的精神状态，刘广宁谈了自己的体会。

她说，那时心中只存在我自己和我的角色。笔者提出了疑义，不是也有的配音演员强调“为了角色要忘掉自己”吗？两者的差异在哪呢？

老潘插话说：“这是两个不同的体系。斯坦尼斯拉夫斯基体系强调的是忘我，布莱希特体系则强调要有自我。看来广宁还是‘老布’的门徒。”

刘广宁不同意他这么机械地划分，夫妻俩为此争论起来。这样的争论在他俩之间是经常发生的，就像在某些家庭里经常为了鸡毛蒜皮的小问题而争论一样。当然，在这个问题上最后妥协的还是老潘。因为他偏重的是啃书本得来的理论概念，而刘广宁胸有成竹的则还有大量的艺术实践。她说，本人动感情和从原片角色出发配出感情是两回事。例如配悲剧角色，就一定要驾驭和操纵好自己的台词表演和感情分寸，不一定非要哭得眼泪鼻涕一大把才算真实。那样太自然主义，掌握不准感情分寸，结果往往成了自己的感情了。当然，如果从为了角色而让观众忘记是自己在配音这个角度来理解，那“为了角色忘掉自己”这个口号还是正确的。

老潘告诉我们，除了音乐，他原来的业余爱好是看书，而且偏重于哲学、社会科学和人物传记之类。对配音艺术的爱好，完全是受了妻子的感染和同化的。

他俩 1963 年结婚以来，家庭成员从两人增加到四人。第二个儿子诞生以后，夫妻间曾定过一个“君子协定”：大儿子从父学提琴，小儿子随母练朗诵，二比二平。然而从发展的趋势来看，显然是当母亲的“磁场”吸引力大。两个儿子都爱好文学，而且都能讲一口纯正的普通话。三比一，力的平衡被打破了。老潘却并不气馁，有空，还要教儿子拉上几小时提琴。他告诉儿子们：“音乐和文学是相通的。这点你们的母亲应当最有体会。配音演员从原片的音乐气氛中往往可以得到很大的启发和感染。有时可根据原片音乐激起感情上的强烈共鸣，借助于音乐把自己带入角色规定的感情境界中去。这就需要有一定的音乐修养了。”

然而，刘广宁最有体会的还不仅是音乐和文学的相通，而是夫妻两人甘苦与共的心灵相通。一次，刘广宁曾戏谑地对老潘说：“如果评选模范丈夫，我一定投你一票。”其实这完全是她的肺腑之言。老潘不仅主动承担了不少刘广宁当母亲的职责，而且也是她事业上忠实的参谋和观众。十九年来，他们始终在这间十六平方米的斗室内做“道场”，同甘共苦，把事业和家庭生活紧密而和谐地联系在一起了。

孩子们一天天大了，都已上学。晚上做作业、复习功课，对桌子的争夺战越来越激烈。而翻译片中的一些台词，让孩子们听了又不大相宜。于是，室外小小的阳台便成了夫妇俩分析角色、琢磨台词的舞台。有时讲到忘情处，不知不觉就提高了嗓门。一会儿哭，一会儿笑；刚才还是情意绵绵，转眼又怒言厉声……这时，不明真相的过路人简直会把他们当成一对“疯子”。等孩子们都睡熟了，两人才在屋子的一角围着张方凳，借着遮严的台灯光继续着艺术的探讨，直到夜深。这就是一个艺术家不为人所知的艰辛！而这艰辛中又孕育着对事业真诚的热爱和无比的自豪。

老潘又风趣地插话了。他指着两个儿子说：“你干不动，他们会接班的。到那时，只要我没去马克思那儿报到，我会继续尽到一个模范丈夫的责任的。”

哦，我们该起身告辞了。在这十六平方米的斗室里，我们找到了一个艺术家所以能成功的家庭生活中的奥秘。

路总在脚下延伸

“人生本来就是一场战斗。真正的幸福并不在于目标最后是否达到，而在于为达到目标的奋斗中。”

影片《沙鸥》中的女主人公在默默地回味着未婚夫沈大威说过的这一句话。刘广宁此时已深深地进入了角色。虽字字轻吐，却那样耐人寻味、发人深思、催人振奋。

是的，人生能有几回搏?！刘广宁熟悉沙鸥、理解沙鸥。在沙鸥的搏斗精神中，她寻到了自己的知音；在沙鸥的坎坷道路上，她找到了自己的足迹。啊，人生就是搏斗！而当个人的命运和祖国的荣誉、民族的尊严、中华的腾飞联系在一起时，这种搏斗更被赋予了崇高壮丽的色彩。

路从哪儿开始，也许并不重要。重要的是，认准了目标，就要勇敢地走下去。

啊，让我们不要说了，预言丰收还为时过早。“……到秋天，自然会结果……而夏天是生长的季节，一切都欣欣向荣……还是让它自由生长，让它生长吧！”我们只衷心祝愿，刘广宁能在电影配音艺术的道路上勇敢地走下去。

路，总在脚下延伸。不断地留下昨日的脚印，又不断地把我们引向明天。

吴民民、陈东湖：《百花洲》1982 年第 5 期

童年的回忆

——记刘广宁

1987年4月，刘广宁荣获第五届《大众电视》金鹰奖最佳女配音演员奖。这是她从事配音工作二十七年来首次获得的大奖。许多对她的“声音形象”迷恋的观众，纷纷写给她祝贺信。她动情地说：“观众寄来的每一封信，我都细读了。我珍爱我同观众之间真诚的感情和友谊，我也非常想给每一位来信的观众都有一个满意的答复，但我实在挤不出时间。有一点可以告诉观众：我这个人不会端着架子做人，我也不会在生活中演戏，我只能通过塑造新的‘声音形象’来感谢观众对我的鼓励和支持。”这是她委托本刊代她转告观众的话。

金鹰，捧在她的手中

1987年4月25日。西安。

掌声澎湃，镁光耀眼。上海电影译制厂配音演员刘广宁登上了领奖台，高高地举起奖杯。这位人到中年的女配音演员，第一次赢得了这样的荣誉——第五届《大众电视》金鹰奖最佳女配音演员奖！

金光闪闪、沉甸甸的奖杯上，站着一位飘然欲飞的仙女，仙女双手托着一只凌空展翅的雄鹰。

倏然间，雄鹰扇动着翅膀，驮着广宁又飞回了遥远而难忘的童年岁月……

奶奶的故事

“说起来，也挺有意思！我，祖籍福州，生在香港，长在上海。”操一口略带北方味儿的普通话，刘广宁眷恋地数着她童年的珠宝，“我这一口普通话，也许是奶奶无意中教给我的呢！”

刘广宁的那位在北京长大的奶奶，是位颇有文化修养的中国妇女。幼小的刘广宁，最爱跟奶奶黏在一起。因为奶奶是个“故事大王”，什么《十三妹》呀，《红楼梦》呀，《西游记》呀，她肚里藏着的故事，比天上的星星还多哩！小广宁这么想。

那时候，刘广宁天天盼望天早点暗下来，因为一到夜晚，奶奶就要哄她睡觉，就要给她讲故事。美丽的故事，经过奶奶那口圆润的北京话叙述，更加绮丽多彩，把小广宁带到一个奇妙的世界。她为黛玉葬花落泪，她随唐僧西游取经……一幕幕场景，从她脑海中接连不断地闪过。讲着，讲着，奶奶迷迷糊糊地睡着了，而小广宁还睁大眼睛，在静等下文呢！“奶奶，奶奶，你快醒醒，快醒醒！故事讲错啦！讲错啦！”奶奶被她推醒了，张开沉重的眼皮，再讲下去。

“有时候，奶奶抱我在怀里睡觉，就给我轻轻地吟诵古代诗歌，‘床前明月光’呀，‘唧唧复唧唧，木兰当户织’呀，她就把这些古诗当催眠曲来哄我。虽然我不知道这些诗句的任何解释，但对我以后学习古诗起了重大作用。只要念上几遍，就能很轻松地把这些诗篇背出来了。”

刘广宁的爸爸一直有病在身，妈妈是一位文化知识并不多的家庭妇女。作为第一个孙女的小广宁，爷爷和奶奶格外疼爱她。那时候，刘广宁一家同爷爷、奶奶住在一起。对刘广宁吸引力最大的，还是爷爷房间里那个塞满了图书的旧书橱。虽然她还大字不识一斗，可她还是常常蹲在书橱前，翻呀找呀，尽看那些有插图的书。

最叫刘广宁向往的，是一年一度的生日。每逢生日，爷爷、奶奶、爸爸、妈妈都要为她庆贺一番。那天，一大早，白发苍苍的爷爷就牵着孙女的手，穿过一条又一条马路，抱回好多给小广宁买的书。其中，最多的要数安徒生、格林的童话书了。这些书也就是小广宁最喜欢的生日礼物。

她被爷爷誉为"小书迷"。

十岁时，她看起一位亲戚送给她的《镜花缘》。

十三岁那年，她读起了《红楼梦》，一遍又一遍，爱不释手。

十四岁的她，被鲁迅、老舍、丁玲、冰心、叶圣陶的作品迷住了。

……

文艺书籍陶冶了她良好的品行。

"咦，外国人怎么会说中国话？"

"我生性好静不好动。"讲着这些童年的往事，她显得那样兴奋、欢乐，一颗不泯的童心在她的怀中跳动着，"除了看书我还喜欢看戏、看电影，倘若你要追根究底的话，这大概就是触发我喜爱文艺的最初动因吧！"

跟着"京戏迷"的爷爷、奶奶跑戏院看京剧，这"小不点"

的女孩竟像大人一般端坐在那儿，一眼不眨地注视着台上的一招一式，倾听着演员唱的字句，渐渐地她也成了一名京剧爱好者。小小年纪，刘广宁就能记住台词，学着唱几句呢，每当锣、鼓敲响，坐在椅子上的刘广宁就仿佛进入了艺术的王国。

动画片《白雪公主》，是刘广宁观看的第一部电影。那年，她七岁。望着银幕上不停闪动的画面，刘广宁的眼睛睁得圆圆的，闪烁着欣喜、惊奇的光芒。不过，父母怕她伤了眼睛，所以并没有经常带她上电影院。

“那时间，我走过电影院门口，看到跟我一般大的孩子们欢欢喜喜跑进去的时候，我真羡慕死了！”我似乎从她那含笑的眼睛里，看到了她童年时的那种渴望的目光。顿一顿，她高兴地说：“进了小学后，就自由多啦！学校里经常组织我们去看电影。”

夏夜。深蓝色的天幕上缀满了亮晶晶的星星，轻轻吹过的晚风送来一丝怡人的凉爽，吹得那张洁白的银幕像一面被风鼓起的白帆。刘广宁和小伙伴们盘腿坐在操场上，津津有味地看苏联影片《小英雄》。这“外国人说中国话”的电影，小广宁还是头一回看哩！

“咦，外国人怎么会讲中国话呢？”小广宁看着看着，走神了。

她还和小伙伴们议论了半天，也没找到答案。小广宁认为太神奇了。

在学校里，刘广宁一口流利悦耳的普通话，引起了老师们的注意。他们经常让她给同学们朗诵、演讲，她呢，大大方方地走上讲台、舞台，充满深情的声音，像山涧清澈纯净的溪水潺潺流入同学们的心田……

“念了中学以后，我看了不少外国电影，如《哈姆雷特》等。从那时起，我开始有点注意琢磨配音演员的配音了。”她讲起了自己同配音的“初恋”，心中别有一种情感，“这是一个潜移默化的过程。”

这位学校话剧组里的演员，和她的伙伴们一起排演了话剧《灰姑娘》，她扮演那个“坏姐姐”——大妞。

当时，她是上海人民广播电台业余剧团里最年轻的演员，每逢星期天，她就来到电台录音室里，扮演广播剧中的配角，对着话筒说上几句话。虽然她配的话不多又简单，但她却珍惜每一次机会，珍惜每一句话，甚至每一个词。

具有魅力的“声音形象”

“1959年，我高中毕业了。有人告诉我译制片厂正在招考配音演员。我学习成绩还可以，考大学还是有点把握的。可是，进了大学以后恐怕这辈子就实现不了自己当演员的愿望了。

“家里人听说我要去考配音演员，都说这事太悬乎了。想了又想，我还是拿定主意去试一试。

“我给上海电影译制厂写了一封信，讲了自己的一些情况。没几天，就收到一张参加考试的通知。

“说来也真有意思。那天，母亲陪我去考试。路上一再叮嘱我上场不要慌。我走进录音棚，一站到话筒前，一直提着的心忽然着落了。我一点儿都不害怕了。

“反反复复考了半年，最后就录取了我一个人。那时，已经是1960年了。”

刘广宁已在录音棚里度过二十七个春秋。她站在话筒前，已经为《苔丝》《望乡》《天使的愤怒》等两百多部电影、电视剧配了音，塑造了两百多个为观众所熟悉和喜爱的“声音形象”。

刘广宁，您的“声音形象”给您的名字增添了光彩和魅力，深深地印在无数观众的心中，您用发自内心的迷人的声音，赢得了观众的心！

费智平：《为了孩子》1987年第9期

她的迷恋　她的快乐

多少人听熟了她的声音，可又有几个人真正见过她？

她的声音，有时成为雨果笔下苦命的芳汀的叹息，有时又成了情真心狠的杰基在尼罗河上作案败露时的怨诉……

这就是刘广宁。

如果你有幸能面对面地坐着与她交谈，你会感到迷惑：她，年当四十三岁，相貌平平，说话诚恳，且时有冲动；而语调乍听起来，似与常人亦没多大差异……

从《第一课》起

二十多年前，她高中毕业。听说上海电影译制厂要招收配音演员，她的心跳动起来了。她铺开信纸，趴在桌上，给那里的不知姓名的“负责同志”写了一封投考信。要去考试了，她胆战心惊。于是，妈妈拉着她的手，陪着她走进了上译厂。她是幸运的，几个月的反复试音，最后只留下了刘广宁一个人——她独占鳌头！

进厂几个月后，厂里让她在一部名叫《第一课》的保加利亚影片中配一个角色。她自己也真像个一年级小学生那样，初上了这“第一课”。她以后的漫长的电影配音艺术生涯，就是从此开始的。她喜欢把自己的这项职业叫作“在话筒面前的工作”。

二十多年过去了。今天，她已是一个著名的配音女演员了，蜚声影坛，深受影迷爱戴。她在两百多部外国影片中配过音，这中间形形色色的异国女性角色具体有多少，各叫什么名，她自己也难以一一记清了！她几乎平均每年要涉猎十部以上的影片。可以说，无论从配音角色的数量、质量乃至在所配影片中占的重要程度讲，她都堪与在首届中国电影金鸡奖评选中获得特别奖的长影著名配音女演员向隽殊相媲美——向隽殊的声音柔美带甜味，而刘广宁的声音则娇脆而清新。“北向南刘”——难怪社会上有此一说呢。

突破：从卢卡到苔丝

我去采访刘广宁时，适逢《苔丝》一片进入“复对”（照着放映的原片念台词对口型）第一天。她匆匆在三个工间休息中接待了我。

刘广宁认为，电影配音艺术基本的一条，就是从所提供的原片出发，经过各部门，主要是配音演员的创造性劳动，再还原原片。而还原原片，不是仅从表面上作消极被动的复制工作。“不仅是模仿，更要去理解！”我几次听刘广宁强调说这句话。

她说，配音演员自有其本身的甘苦，不是一些人表面理解的那样轻松好玩。有时角色感情幅度大，例如哭、喘气的戏多，演员长时间处于精神紧张状态，会因高度缺氧而觉头晕，弄得人不想吃饭。她给《尼罗河上的惨案》中的杰基配音那阵子就够呛。

她没有上过专业艺术学校，中学时代只在电台业余广播剧团受到一些艺术熏陶，所以基本上她是在译制厂的工作实践中自己刻苦学习磨炼出来的。与有些人不一样，她不怕任务重，喜欢多配戏。不光配电影，凡在话筒面前的工作，例如录读教材、电台的播音朗诵，她都喜爱。1981 年在意大利影片《父子情深》中，她为十岁男孩卢卡配音。当配到卢卡最后病死在父亲怀抱里这一段时，有的同志说，哎，你这音调与所配日本影片《绝唱》中小雪临终的一段是不是相仿了？于是，她又反复琢磨，进行补录。过去她只在两部资料片中配过小男孩，现在自己是四十多岁的中年妇女（她说她小儿子也刚好满十岁），要配相当于她小儿子年龄的男孩，是有难度的，弄不好就露出了自己女性的习惯口气。后来设计的卢卡的发音具有男孩子才有的“结实”且有点“愣”的味道，结果使配音有了突破。前不久，她配泽赫拉，这是土耳其影片《沼泽地里的阳光》里的女主角，感情起伏大。她努力按影片的规定情景，做到有柔情又有奔放，甚至一度有某种失态，配得很有特色。

话题集中到《苔丝》上。女主角苔丝就由她配音。她认为这个戏分量很重，是个很好的实践机会。过去她读过小说原著，现根据原片银幕形象及老翻译家陈叙一厂长的台词本子，加上译制导演杨成纯的启发，不时又从原著找根据。刘广宁说：“苔丝最后杀了人，但她自己就是被那个社会所杀的。这是一个悲剧。”从她自己个性讲，刘广宁并不很喜欢太悲惨的东西（过去她也配过这类影片，像《孤星血泪》《悲惨世界》等），不过这并不等于说她不喜爱苔丝这个角色。从原片看，苔丝的表演没有什么外在的大起大落，是淡淡的表演。“完美的苔丝”——国外影评界是这样赞誉扮演苔丝的德国电影演员金斯基的。刘广宁把“完美的苔丝”再现出来吗？广大观众是会作出公正的评价的。

声音，她占有的世界

如果说一个电影演员是以自己整个形体动作（包括语言对白）来创造艺术形象的，那么，电影配音演员就只是依靠自己的声带器官，在小小的话筒面前以声传情了。而这种声音的听觉形象是与原片画面中演员的视觉形象紧密契合、浑然一体的。经配音的原片中的演员，结果只剩下银幕审美形象那可视的一半，另一半可听的对白——它的语义与腔调，都属于配音演员了。这样，配音演员作为一定意义上的替身演员（即替声演员），就使原片演员降到了默片演员的地位。有声电影的发明与电影的国际交流，使各国电影语音各异的天然特点，成为异国电影观众完整的银幕审美感受的突出障碍。作为外国电影高级翻译手段的电影配音艺术就此应运而生，它逐渐取代了那种开始于并适应于默片时期电影的字幕方式的原始翻译手段。要不是语音障碍这一点,全能的原片演员是不会甘心让自己的语音由配音演员来取代的。因为从某种意义上讲,演员在银幕上的语言声音是比形体动作更要深刻、内在,因而蕴藏有更大的艺术潜力的。可以说,银幕声音传达着角色内在活动中的神与魂。也正是在这一点上,电影配音艺术家相对而言显出了其一定意义上的长处。严格地讲,《天云山传奇》与《沙鸥》这两部重要国产片中两个心灵美的女主角——冯晴岚与沙鸥,是施建岚、常珊珊分别与刘广宁共同塑造的,因为后者以其成熟的配音技巧为前两者配了音。自然,这一点评论界未必留心到,因为,配音演员在国产片中的劳动易被忽视。幸好,今天至少在外国影片中,他们的劳动的重要与分明,不再被忽视了。你要问刘广宁是谁?老资格的观众就会告诉你,她就是夏子(《生死恋》)、路易莎(《叶塞尼亚》)、杰基(《尼罗河上的惨案》)、阿崎(《望乡》)、小雪(《绝唱》)、埃丝黛拉(《孤星血泪》)、芳汀(《悲惨世界》)、奥杰塔(《天鹅湖》)、吉蒂(《安娜·卡列尼娜》)、泽赫拉(《沼泽地里的阳光》)……

刘广宁的嗓音具有一种特殊的气质,浸润和渗透在原片画面的一个个立体的形象中;她的声音与银幕上异国人物的影像胶合在一起,难以分割。她的美妙的声音回荡在那广袤的银海世界中——刘广宁为这银海世界增添了声音色彩,这也成了刘广宁的世界!

刘广宁的快乐

刘广宁的父母未给她带来别的,却给了她一副好嗓子,还有一个小巧的鼻子。她的声音略带细微鼻音，永远显得天真、纯净、年轻。

应当承认，配音演员一职有其固有的优势——全国只此一家专职厂，至今厂内也只有二十七名配音演员（本也不用像剧团那样需要众多的演员），一部译制片任务完成周期亦短（不像拍一部国产片周期往往要以年计算）——所以配音演员大都比一般电影演员实践机会要多得多。而刘广宁，正是充分利用其职业优势，并且更大限度地发挥其天赋优势，从而走到了这一职业队伍的前列。当然，优势的发挥更要靠自己的努力，而她对这一工作，既充满兴趣，又勤于思索，更善于理解，始终注意提高艺术修养。她全力投身于自己所酷爱、所迷恋的工作之中……这是刘广宁的幸运，也是刘广宁的快乐！

可以说，她已把自己在话筒面前的工作，看作是崇高的义不容辞的天职。在这天职之中，她真正做到了超越一般人的那种现实与梦想的合一。是的，也许在平时的日常生活中，她确"与常人亦没多大差异"，甚至也会有沉默寡言的时刻。可只要她一站到话筒面前，只要面对着眼前暗室中瞬息万变、如梦如幻的银幕世界，她就仿佛被授予了一种从天而降的魔力——你听，她的声音的抑扬顿挫、神情气韵，与眼前银幕的形影契合得何等奇巧美妙！这并不奇怪，因为正是在这声音的"万花筒"面前，她找到了她的生命的意义和价值，她的理想的艺术天国……

范达明：《浙江青年》1982 年第 9 期

“我爱在话筒前演戏”

——记译制片配音演员刘广宁

在上海电影译制厂的放映间里，我遇到刚从北京回来的刘广宁，她就是荣获文化部1982年优秀影片奖的译制片《苔丝》中为苔丝配音的演员。

刘广宁目前正在法国影片《不朽的情侣》中，担任音乐家贝多芬的情侣一角配音工作。也许是室内气温偏高，她白皙的脸上泛着淡淡的红晕，细长的眼睛里充满着笑意。我们拉过椅子，坐在门口透风的地方，聊起《苔丝》影片。

“苔丝的配音难度比较大，主要难在人物分寸感的掌握上。”刘广宁用那配音演员特有的甜润柔美的嗓音，同我谈着这个角色。“影片中的苔丝外表自始至终都比较平静，而内心却有着激烈的思想活动，像地下的暗流在汹涌奔腾。要掌握好角色外松内紧的语气分寸，真像打太极拳一样。”

人到中年的刘广宁，驾驶着配音的风帆，在译制片的海洋里已经航行了二十三年，塑造了许多善良纯真、温柔深情、心灵美好的人物形象，如《白衣少女》中的亚沙子、《生死恋》中的夏子、《绝唱》中的小雪、《叶塞尼亚》中的露易莎等，深受广大观众的喜爱。

“我爱在话筒前演戏，简直入迷。”醉心艺术的刘广宁只要在话筒前一站，什么辛苦劳累都会忘记。说起配音，她眼中闪烁着激动的光亮，声音里充满感情：“虽然配音工作不出头露面，整天关在录音的小房间里，默默无闻，但是，我只要一站在心爱的话筒前，一个五光十色的世界就会在面前出现，使我完全沉醉在里面，用我的心和全部热情，去塑造一个又一个不同性格色彩的人物。”

“你用声音和语言塑造了不同性格的人物形象，你感到最满意的是哪一个？”我笑着问她。

“我喜欢塑造性格色彩丰富、有深度和难度的角色。像《望乡》中从少年到中年时期的阿崎，《孤星血泪》中的养女埃丝黛拉。”刘广宁朝我摇摇头，“但是，我没有一个使自己感到十分满意的角色。”

“那么，关于苔丝呢？”“不瞒你说，对苔丝的配音我自己还是不够满意的。”刘广宁为我念了苔丝对安吉尔讲述自己不幸遭遇的台词，“你听，语调太平了，真的，不够好。”

傅歆：1983年6月9日《新民晚报》

以声传情　以声夺人

——访青年配音演员刘广宁

“那就是说你很喜欢我，所以才逃避我，是……”

“夏子！是夏子！”

去年百花奖发奖期间的联欢会上，每当刘广宁开始朗诵某段台词话音未落，人们就从她的语气中猜出了这是某部影片、某个角色的话而打断了她。当时，面对如此热烈的情景，我深深感到，这位观众只相闻未相识的艺术家，仅仅以她感情迥异、真切动人的声音，就赢得广大电影观众如此信赖，真正是以声传情、以声夺人啊！

岁首的一个周末，我竟然找到了一个访问她的机会。

我们的谈话很快进入了主题。我说，我很想知道，你在配音工作中，遵循的是一种什么样的创作方法？

刘广宁撩了撩搭在前额上的一绺卷发，毫不迟疑地说："我确信译制片必须忠实于原片的原则。想尽一切办法向原片靠拢，还它以原片的色彩，是配音所要达到的最高目的。"她进一步解释说，所谓"向原片靠拢"，不能简单地理解为模仿原片中人物的声调，不仅仅是"声似"。因为配音演员不可能和众多人物的音色相同，中国人和外国人说话的腔调和语气也不一样，语调的抑扬顿挫又是随着人的感情变化而变化的。因此，"向原片靠拢"，首先是深刻分析、了解并掌握人物的内心世界。先有"神似"，才能达到真正的"声似"。对于"声似"，也不能机械地追求。例如，《叶塞尼亚》中的妹妹路易莎，是一个心地非常纯洁善良的女孩子，可是，扮演这个角色的演员却生就一副哑嗓子，显然是和角色不协调的。刘广宁把这看成是演员本身所带来的先天缺陷，因此决定不去模仿她的哑嗓门儿，相反，还赋予她一种润泽、甜美的声音，使人们感到更与角色贴切。

刘广宁从事配音工作以来，先后为一百三十多部影片配过音，其中约有五十部上下是为女主角配音。近几年来大家所熟悉的《望乡》中的青年阿崎、《叶塞尼亚》中的路易莎、《白衣少女》中的亚沙子、《生死恋》中的夏子、《尼罗河上的惨案》中的杰基，以及《鸽子号》中的帕蒂等众多外国电影中的人物，都是通过刘广宁的配音，才在中国观众的心目中活跃了起来。

“你对哪一些角色的配音感到最为满意呢?”

她谦逊地笑笑：“很少。由于译制片和原片总是有些距离，所以都不太满意。”她想了想，又说：“杰基这个人物的配音效果，似乎和原片相去不太远。”

英国影片《尼罗河上的惨案》中的杰基，是一系列惨案的主谋和凶手，心肠非常狠毒。但是，在影片开始时，她对好友林内特还是很真挚的，因为她那时还没有去准备杀人。整部影片中，她对未婚夫赛蒙的爱情也是深沉的。但是一旦贪婪占了上风，动了杀机之后，她则又狡猾、又果断、又凶狠。而当一切败露无遗，她决定打死赛蒙后自己也一死了之时吐露了真言，并给人以“人之将死，其言也善”的感觉，甚至感动了波洛。因此这个人物的性格是多面性的，比较复杂。刘广宁说：“对于杰基，我就把握住这个基调，而不是一开始就把她作为凶手来给她配音。”

“基调？什么是杰基的基调?”

“影片开始时，杰基曾对林内特说：‘我要是不能嫁给赛蒙，我宁肯去死，去死，去……’最后，她果真为此而死了。她是为爱赛蒙而动的杀机，这句话就是这个人物的基调。”

刘广宁说，从每个角色的台词中都可找到角色的基调。例如，《啊，野麦岭》中的阿雪说：“我从生下来就是一个人。”原来，她母亲带着她改嫁，造成了她的不合群和性格的孤僻，以致后来上当受骗。这句话是阿雪的主心骨，亦即她的基调。

我问，所谓基调，是不是人物思想感情变化的依据？把握住基调，是不是就是把握住了人物的内心世界，到达了“神似”的高峰了呢？

刘广宁同意我的看法，并举例说，像《傲慢与偏见》中的二姐伊丽莎白、《红楼梦》里的探春和王熙凤、《镜花缘》中的廉锦枫，以及戏剧、文学、新闻通讯中的人物和现实生活中许多妇女身上，到处都可找到杰基柔顺而果断、凶狠的这种因素。她说：“当然，这需要年长日久的积累。不断地丰富自己，尽一切可能多听、多读、多看，并不断地运用到创作实践中去。”

刘广宁十分热爱自己的工作。她和爱人为了一心扑在工作上，结婚四年后方生下第一个孩子。“文革”中，外国片被全盘否定，有人劝她改行从事话剧，她表示：“哪怕让我扫地，我也不离开话筒。”

新的一年中，刘广宁将做些什么呢？她说：“和原片相比，译制片总是逊色，这就是差距，是我继续努力之所在。”同时，她早就开始广拓戏路，例如，给《巴黎圣母院》中的没牙老太婆、《奋斗》中的十五岁男孩、《大篷车》中的妮莎等配音，都是新的尝试。“不久前，在为天山电影制片厂配制的《阿斯勒拜克》，我给其中的老、中、青几种不同年龄的人都配到了。”说着，她不由地笑了起来。我衷心地祝愿她的成功。

白皑：《大众电影》1981 年第 2 期

情深韵美的银幕之声

——访配音演员刘广宁

《生死恋》中的夏子,是青年朋友们熟知的。是谁给这位日本姑娘配上了那么甜美、动听、饱含感情的声音呢? 在一个细雨霏霏的黄梅天里,我到上海电影译制厂,访问了“银幕后面的夏子”——配音演员刘广宁。

听着夏子的声音,人们可能以为这位配音演员也一定是位年轻姑娘,想不到她今年已经是四十一岁的人了。她做配音演员的二十一个年头里,曾为四十多部外国影片的主角和六十多部影片的配角配了音。史无前例的十年“文革”中,许多外国影片似乎成了罪恶的渊薮,刘广宁参加配音的许多影片都没能和观众见面。近几年来,通向世界的窗户打开,配音演员的工作又忙起来了。刘广宁先后为《生死恋》《望乡》《叶塞尼亚》《恶梦》《白衣少女》《吟公主》《冷酷的心》《尼罗河上的惨案》《大篷车》等影片的主角配音。

“这些不同国家、不同出身、不同性格的角色,您是怎么掌握的?”我问道。

“主要是捉摸角色的内心世界。”别看她已进入中年,可说起话来却还带着几分腼腆。“最初配音时,我是在口型、声音的模仿上下功夫,结果总是不理想。后来我慢慢体会到,配音演员塑造的形象,一定要同原片人物的内心世界相吻合,否则配出来的声音就会让观众觉得似是而非、千人一腔、假声假气。我很注意原片人物的眼神,不是人们常说眼睛是心灵的窗户吗,从眼神里往往最能看出人物的内心世界。我一直在努力使自己配的角色，不仅要同原片人物声似，更要神似。”刘广宁的这些体会，可以说是她苦心钻研，从实践中获得的。记得孟子说过：“存乎人者，莫良于眸子。”“听其言也，观其眸子，人焉廋哉？”恐怕也是这个意思。

“我配过四个日本青年妇女的角色——夏子、吟公主、青年阿崎和亚沙子。她们都是二十岁左右的姑娘，但她们的内心世界却是相去甚远的。夏子是日本现代妇女的形象，她热情、奔放，对爱情的追求十分执着，又具有东方妇女温柔的特点。吟公主则是五百多年前的名门闺秀，她含蓄、深沉、内在。尽管她心灵中也燃烧着炽热的爱，可又绝不会像夏子那样外露。亚沙子和她们都不同，她纯真、稚气，孩子似的眼神很多，和峰雄的爱情也多是‘两小无猜’的感情。给她配音时就不能太修饰，既不能像夏子那样缠绵悱恻，又不能像吟公主那样矜持。在配阿崎这个角色之前，我读过《望乡》的文学剧本。阿崎在各个时期的内心世界是不同的，这要从她的声音中表现出来。她是个农村姑娘的时候，声音应该是单纯、天真的；堕入火坑五年后，声音就平板、呆滞了；当回到家乡，受到兄嫂的冷遇，酒后把珠宝撒向天空，高喊着‘撒豆子了’的时候，声音就浸透了凄凉的绝望，表现出她万念俱灰的心情。有时，一个角色的性格同时兼有几面。比如《尼罗河上的惨案》中的杰基，她屡动杀机，有狡猾、贪婪、凶狠的一面；她又深深爱着自己的情人，有柔情的一面；在她准备打死情人再自杀时说的话，又是‘人之将死，其言也善’了。如果配音演员的声音不把这些不同人物的内心世界、性格的各个侧面表现出来，那么原片人物就成了一个个没有个性的人了。”

我们谈到这儿，译制厂副厂长陈叙一同志走进来，刘广宁为我们作了介绍后，对我说：“老陈是我的好老师。他常对我们说，当个演员，读书一定要多而杂，平时要多积累，不能现买现卖，等到要配莎士比亚的戏了，才读莎士比亚的书就晚些了。现在，我是剧本、小说、散文、诗词、访问记等，什么都读。这些年我越来越体会到，真是书到用时方恨少啊！”从她这一席话中，我看到一个在艺术上刻意追求、不懈攀登的刘广宁。

刘广宁能讲一口那么流利、标准的普通话，然而她却不是北京人。她生在香港，三岁时和全家来到上海。五六岁上，祖父母酷爱的京戏成了刘广宁接触艺术的启蒙。每当祖父闭着眼睛靠在椅子上，手轻轻地在椅子扶手上叩击着板眼，随着“话匣子”哼唱的时候，她就搬个小板凳坐在祖父腿边凝神听着。在她还不识字的时候，祖父就教她背“床前明月光”“春眠不觉晓”等一些古诗。十三四岁时，她开始涉猎大部头了，《红楼梦》《镜花缘》《三国演义》《安徒生童话》……成为她最早的知识积累。刘广宁上高中时，最擅长朗诵。毕业时，她成绩很好，但没去考大学，而是一门心思想当演员。听说上海电影译制厂正在招考配音演员，她写了封毛遂自荐的信。过了几天，她收到厂里的回信，约她去考试。一起应试的有七人，结果只录取了她一个。就这样，刘广宁跨进了艺术的门槛。

我起身告辞时，她执意要送我出来，路上，刘广宁还告诉我她的一个有趣的癖好——爱看自己配音的影片，《叶塞尼亚》看过五遍，《吟公主》和《白衣少女》看过七遍。不过她可没有观众那么轻松,她是悄悄地坐在电影院里,从自己的配音里温故知新,也从观众的反应中给自己"挑刺"呢。临别时,她还特别提了个要求:"你一定要在文章里写上,我衷心希望观众多给我挑点刺!"

陈小川:1980年第10期《中国青年报》

用声音塑造银幕形象

——访电影配音演员刘广宁

"明天上午还要录音。不过,欢迎您来……"

电话里传来的清晰甜柔的声音,似曾相闻。它使我顿时想起了《生死恋》中热情奔放、富有朝气的夏子,《望乡》中绝望沉沦、忍辱求生的青年阿崎,《绝唱》中朴实纯真而又怯懦的小雪,《叶塞尼亚》中天真烂漫带有稚气的路易莎,《冷酷的心》中心地善良、温柔端庄的莫尼卡,《古堡幽灵》中富有夸张表演色彩的伯爵小姐,《尼罗河上的惨案》中策划一连串凶杀事件的狠毒女人杰基,《大篷车》中豪爽泼辣的吉卜赛姑娘妮莎……这些身世不同、性格迥异的异国年轻女性,经过刘广宁传神的配音,一个个以血肉丰满、个性鲜明的形象,活跃在人们的记忆中。她已经为四十多部外国电影的女主角和六十多部电影的配角配过音。她独到的语言表演艺术,曾赋予这些陌生的人物以魅力,引发起千百万观众的爱憎怜惜之情。

电影配音,看来简单,实际上却是一门学问。给一部外国电影的角色配音，不是一般地把翻译好的台词照本宣科，机械地对好口型。关键之举，还在于通过声音形象的再创作，使译配后的人物语言与原来的形体表演融为一体，充分表现出人物特定的个性和内心世界丰富的情感。而要做到这一点，就必须付出艰苦的劳动。

对此，刘广宁并非一开始就有足够的认识。1960 年，当她进入上海电影译制厂时，录音话筒前的工作，在她看来还是平常无奇的。她出身于几辈人都有相当学识的家庭，幼小随家从香港迁居到上海，幼年学过钢琴，后来又迷恋京剧，从小就学得一口标准而流利的普通话。还在中学时代，她便以朗诵见长，成了业余广播艺术团的活跃分子，再加上她那甜美、圆润的嗓音，这一切不能不说是她从事电影配音工作得天独厚的条件。

然而，现实并不偏宠她。刚开始配音实践不久，她就碰了个大钉子。第一次担任一个较重要的角色，戏虽不太多，但站在话筒前，她手足无措，情绪紧张得说话都走了调。顾了对台词，忘了对口型；注意了声音的控制，又顾不上彼此的交流……事后，她听了对白鉴定，羞愧得几乎哭了出来。那声音是如此死板、生硬，没有光彩，语言更谈不上有什么感情。一个好端端的人物，因声形相扰，顿时被损害得黯然失色。痛惜之余，刘广宁这才真正懂得，任何艺术创作都没有坦途可走。只凭一点天赋条件和小聪明，终究是难以有所创造的。

从此，她发愤图强，狠下功夫，一板一眼地从头学起。凡是自己承担的角色，哪怕只有几句台词，她都严格要求。她一方面请教导演、老演员，一方面自己把台词录下来，反复听，反复改,不放过一切学习锻炼的机会。有时,译制新片没有她的角色,她也自始至终与大家一起研究剧本,参加排练、录制,琢磨、记取别人表演的长处和老前辈在艺术上的严谨态度。她深知,译制工作周期短,要在短时间内对影片的主题思想、历史背景,以及人物的性格特点、相互关系等,作出比较透彻的分析、理解,从而为准确地把握人物语言表演的分寸提供依据,就必须注意平时的积累,使自己拥有足够的文学素养和形象思维的素材库存。因此,她在日常生活中,一有空余时间就广泛地阅读各种文学名著,浏览报刊读物。她特别注意收听电台的广播剧、广播小说,观摩电影和各种戏剧、戏曲。就是在剧场里看戏,她也总是带着问题潜心捉摸,体会别人处理台词的特点。对于自己配音的影片,她也经常到影院去观看,从观众的反应中鉴别表演的得失。功夫不负有心人。刘广宁从点滴做起,广采博纳,终于在语言表演方面逐步进入了得心应手、运用自如的境地。

“为银幕上的角色配音好比伴人跳舞,必须顺着人家的路子走。否则,稍有不合,就会不协调,甚至导致失败。”这是刘广宁为电影配音的主要体会。确实,一个配音演员的基本音色虽然是不可改变的,但是他可以也应该以原片的角色为依据,找出人物的语言特征,进行声音形象的再创作,使之声形吻合,构成统一完整的银幕形象。刘广宁在表演中很善于研究原片,找出人物内心世界的节奏感,从而赋予不同的声音色彩,充分强调人物个性。近年来,她连续为几部日本电影的女主角配过音。像青年阿崎、夏子、吟公主、小雪等,都是二十岁上下的少女,要使这些人物的声音形象互不雷同,是颇为困难的。刘广宁在给夏子配音时，抓住这个大家闺秀性情开朗甚至有些娇柔任性的特点，在声音处理上，特意加了些修饰，让声音更显飘逸、华丽。而在给小雪配音时，则根据人物出身低微，往往有自卑的怯懦感这一点，更多地运用质朴的本色来表演。这样，虽然同样是甜美的声音，前者外露，后者内向，前者流畅，后者拘谨，形成了各具特色的个性。刘广宁正是凭借自己对人物的深刻理解，通过声音的节奏快慢、力度强弱、语调高低等变化，塑造出了一个个富有活力的声音形象。

“要想不断地有所创新，就要加倍地充实自己。”刘广宁说，“我的一个奢望是，这辈子永远工作在录音话筒前……”

爱就是力量。一个艺术家有了对事业的至深之爱，还有什么高峰不可攀越呢！

马雨农：1981 年《光明日报》

一颗真诚坦荡追求艺术之心
——刘广宁印象记

刘广宁，这个名字，影视观众们是多么熟悉；在她参加工作的二十七年中，配音多达两百多部影视片。

刘广宁，这个形象，影视观众们又是多么陌生；人们记住的只是《生死恋》中的夏子、《绝唱》中的小雪、《尼罗河上的惨案》中的杰基、《天使的愤怒》中的詹尼弗……可有多少观众见过她的面？

当然，她也在屏幕上偶尔露面，那是为了祝贺别的同志的得奖，请她作一小段配音的演出。

而今天，1987 年 4 月 25 日，在古城西安，她登上了领奖台。以《天使的愤怒》中詹尼弗的成功配音，获第五届《大众电视》金鹰奖最佳女配音演员奖。

“这是我第一次获专业奖。”在新闻发布会上，这位东方型的中年妇女，不无激动地站起来说。但是，她并没有将功劳记在自己的本子上，而是记在老一辈的栽培、同行的帮助和观众的支持上。在我们回到房间亲切交谈的时候，她还坦率地承认，她的成绩还有一部分应该记在她丈夫的身上。没有丈夫的关怀、体贴，分担大部分的家务，她这位两个孩子的母亲，是无法完成那么繁重的工作任务的。

说到这里，她的脸微微地发红了，这又是东方型妇女的特点。她是有些内疚：“一个大男人，整日围着家务转……”

话说到一半，电话铃响了，是她要的上海的长途。电话里她交代了回去的时间，还忘不了托人捎给她丈夫一个口信。

一颗多么真诚而质朴的心。

谈起了工作，她那种微微内疚的心情消失了，变得轻松自如，谈吐不凡。问她对配音演员的主要体会是什么？她想了想说：

“这是种伴人起舞的事业。”

伴舞，有人一定以为很轻松，其实并非如此。顺着别人的路子走，稍有不合，就会不协调，磕磕碰碰，踩到别人的脚背。

刘广宁这个比喻好，配音不仅要注意原作人物的说话口型，还要注意人物的性格气质、声调高低，跟着亦步亦趋，是有些“伴舞”的味道，但比喻总是跛脚的。伴舞，一旦纯熟，就很轻A，顺着舞伴的节拍，与音乐的旋律，翩翩起舞；而配音就不是那么容易了。每一部译制的影、视片，对配音演员来说，都是一次艺术的再创造。因为每一部片子的时代、国籍，每一个人物的年龄、性格、感情、生活道路都不一样。即使是同一国籍的少女形象，其差异也是很大的。

如刘广宁配音的日本影片《生死恋》中的夏子、《望乡》中的青年阿崎、《绝唱》中的小雪、《白衣少女》中的亚沙子，年龄大致相近，但性格气质迥异，就不能配相同的声音，否则就会形成艺术上的雷同，千人一腔。

刘广宁之所以成为刘广宁，就在于她的独创性。她不仅注重形似，更追求神似，剖析原作人物的内心世界，使自己进入角色。性格开朗、热情奔放的夏子，是父母的掌上明珠，既深情又任性，刘广宁就赋予她一种华丽而飘逸的语言。这种语言，曾拨动过多少中国青少年的心弦。《绝唱》中的小雪，是一位佃户的女儿，性格善良纯朴，感情真挚细腻，但她恋爱的对象是财主少爷，从而显得有些自卑怯懦，刘广宁就用了质朴的本色语言来表现。至于《望乡》中的青年阿崎，在离开日本以前，声音是天真的，在南洋忍辱求生，声音是呆板的，回国后不为亲人所理解，痛苦沦落，声音又是悲愤的。

刘广宁，作为一个配音演员，真正做到了语言性格的“这一个”，她用自己的声音，为观众塑造了那么多栩栩如生的人物，不能不使人钦佩。

就拿这次得奖的《天使的愤怒》中詹尼弗这个人物来说，这又是一种新型的女性。她刚强又充满柔情，一出校门走上律师的岗位就出师不利，但她坚强地面对现实，在生活中从单纯到成熟。“这是一位层次多、幅度大、色彩丰富的人物。”刘广宁说着，有些激动起来了，右手轻轻地挥动，脸上又涌上一阵红潮。这是对自己工作的激动，听的人都寂静无声，只有录音带发出微微的沙沙转动声。她接着说：“为这样的角色配音难，但能唤起演员心中的激情，这就叫艺术上的拼搏吧。我还在等待这样的角色！”

刘广宁正是她开头说的“伴舞的艺术”中的最佳舞伴。上过舞场的读者都知道，最佳的舞伴是自己的情人。轻快的旋律，感情的交流，足使人销魂荡魄。刘广宁就是带着自己的爱走上配音的“舞场”的。她对自己的事业，给予了最深沉的爱情。

难怪有同志问她，在她配音的两百多部影、视片中，哪几部最满意？她答复说：“要说满意，我一部也没有，但有我喜欢的，像《尼罗河上的惨案》中的杰基、《天使的愤怒》中的詹尼弗、《望乡》中的青年阿崎……”

她说的都是一些内心世界异常丰富复杂的人物，这都是些在艺术创造上使她“过瘾”的人物。她说她为国产电影《沙鸥》的女主角配过音，她喜欢沙鸥那种不要银牌要金牌的气概。我们也因此理解她的艺术的追求。

在艺术上她喜欢攀登、拼搏，在生活中她却喜欢坦诚、宁静。她常说的一句话是：“生活，不是演戏。”

中国有句俗话：“戏台小天地，天地大戏台。”至今还有多少人沉迷在这天地的大戏台中呢？刘广宁对这种生活中的“演员”是极为反感的。她对自己的要求是“工作中的演员，生活中的正直的人。”

作为演员，在工作中她是一丝不苟的，她爱着自己过去配音的影片，从中“挑刺”，总结教训，即使在她没有戏的时候，她也常去录音棚，向别的同志学习。

在生活中，她却是心地坦荡的，有啥说啥，心里怎么想就怎么讲。有人说她老实，要吃亏。她说：“我宁愿吃这个亏，决不搞‘横向联系’，达到自己的目的。”有人说她清高，有那么一点清高吧，但归根到底，还是为她所钟爱的事业。她说得很透彻：“在生活中演戏，花费精力；在演戏时就没有精力了！”

她出生于一个有文化修养的世家，祖父是外交官，与艺术大师梅兰芳、胡蝶、刘海粟等都有过密切交往。她从小在祖父身边长大，受到艺术的熏陶，她还曾保存过一张祖父母与梅兰芳、胡蝶等人合影的照片。从懂事的时候起，每年生日，祖父送给她的生日礼物，就是一堆她所喜爱的书。她从小背古诗，唱京剧，学钢琴，与文学艺术结下了不解之缘。

书，是可以烧掉的；但印在她心头的记忆是谁也烧不掉的。她的艺术创造，就来源于她丰富的艺术积累。至今，她虽年近半百了，工作、家务都很忙，但仍然挤出时间来读书。

她生在香港，长在上海。从高中时代就活跃于上海市业余广播剧团。高中毕业的成绩不错，在那时是不难考上大学的，但她选择了一条自己的路，她放弃上大学，而考上了上海电影译制厂。二十七年的艺术甘苦是一言难尽的。

时间已经在她的额上刻上了浅浅的皱纹，她已经步入了中年，大儿子也已考上大学导演系。“人到中年万事休”，许多人都在营建自己的安乐窝了。

可是刘广宁不愧是配音艺术家，她说："中年，是艺术的成熟期。别人，甚至我自己，都无权浪费这宝贵的艺术生命！"她最痛苦的无过于没有工作任务，白白虚掷时间。她最希望的是能分到有难度、有深度、有创造余地的本子，像过去演过的《苔丝》《孤星血泪》《天使的愤怒》之类的，让她在新的艺术的高峰上拼搏，让艺术的生命，闪出更光辉的色彩。她最后说：

"这次获得金鹰奖，只是我的一个新起点。我总是在等待着，等待着新的高峰！"

项冰如：《大众电视》1987 年第 7 期

"熟悉的陌生人"

——介绍配音演员刘广宁

看过墨西哥影片《叶塞尼亚》的观众，都会对影片里那个纯真、善良的姑娘露易莎留有印象。可是并不是所有的观众都意识到，露易莎那甜柔的声音、真挚动人的话语，却是上海电影译制厂的配音演员刘广宁说出来的。

1960 年代初，刘广宁带着明显的学生气，走出中学的大门来到了上译厂。在电影译制这个充满创作的艰辛与欢乐的事业里，她度过了十几个春秋。在具有翻译片台词表演独特风格和韵味的老演员教诲下，她刻苦学习，勇于实践，运用自己的声音塑造了一个又一个艺术形象，成了广大观众虽不见其人，却久闻其声的"熟悉的陌生人"。

刘广宁音色相当优美，语言也很流畅，在塑造温柔、善良、天真、纯洁的姑娘这类角色方面，有其独到之功。在墨西哥影片《冷酷的心》中，刘广宁为女主人公的妹妹莫尼卡配音，在台词表演方面，出色地完成了这个和露易莎相类似的人物的性格塑造。同时我们可以看到，对于这一类型的角色，刘广宁的表演是比较传神的，不仅呼吸、节奏与角色相吻合，而且性格色彩也惟妙惟肖，使观众有时会忘记银幕上的对话是配音的效果，而以为外国人就是这么说的。

配音演员所接触的角色来自不同的国度，属于不同的时代，具有不同的民族特征，这就要求配音演员必须具备语言韵味的可塑性，具备比较广的戏路子，不仅善于细腻地塑造好某一类型的人物，而且要善于塑造好各种类型的人物，表达出性格的多样化。在这方面，刘广宁进行了尝试并取得了可喜的成绩。刘广宁是个性情文静、不易激动的人，但她所创造的角色，有的温柔，有的泼辣，有的善良，有的阴险；有上层社会的贵族小姐，有中产阶级的小家碧玉，也有下层社会的奴婢妓女，真是五彩缤纷，琳琅满目，显示了刘广宁在艺术技巧方面已经日趋成熟，并初步具有自己的语言表演艺术风格。

刘广宁在配音时，不仅注意表现人物的性格色彩，而且在人物内心世界与表现方面进行了新的探索。通过《生死恋》中夏子这个人物，我们可以感受到，刘广宁在创作过程中注意了人物性格中明朗的、富有朝气的特色，同时也没有忽略夏子语言中流露出来的对于危机四伏的世界的忧虑。刘广宁在《吟公主》中所配音的吟公主，其语言韵味带有十分明显的古典色彩，给人以强烈的时代感。刘广宁在为《望乡》中的青年阿崎配音时，对这个具有复杂个性的妇女形象作了认真的琢磨。一方面表现了阿崎对真正的爱情和美好生活的向往与追求，同时又表现了阿崎身上不可避免地带有的职业性影响的一面。

刘广宁的台词表演细腻、自然，富有音乐感。缓慢低沉的地方，她能做到点送清晰，字字入耳；高昂激烈的地方，她能做到不声嘶力竭，而是留有余地，使观众听起来并不吃力。她的台词表演，变化多，幅度大，表现了驾驭台词的高度技巧。所以，当刘广宁为《尼罗河上的惨案》中的杀人凶犯杰基配音的时候，虽然杰基的性格色彩比较复杂，集热情、温存、真挚、凶残、狡猾、果断、机警于一身，人物的感情幅度也有比较剧烈的变化，但刘广宁仍然顺利地完成了对这个人物的形象塑造。

今为：1979 年 12 月 6 日《文汇报》

妈妈刘广宁

小学时记得我曾写过一篇作文《我的母亲》，那是老师命题的。当时我好像是咬了半天笔杆才写出几句，大致的意思是“妈妈在辛勤工作，为社会主义事业添砖加瓦”云云。因为她太忙，忙得很少能顾上家。后来才知道，那时妈妈一直在上海电影译制厂里忙于译制外国参考片，这在当时是保密的，她的名字不上字幕，参考片也不公映，无名无利，还要担风险。妈妈工作量极大，常累得发烧而哑不成声。于是妈妈在我眼中成了个单色调的忙人。夜深人静时,我躺在床上,睁着眼睛,习惯性地竖起耳朵,仔细谛听那随时会响起在楼梯上的熟悉的脚步声。随着开门声,妈妈拖着疲惫的身体轻轻走进屋来,到床前帮我盖好被子,然后坐下,急促地喘着气。但是,当她站到银幕前,面对悬着的话筒时,她就会忘记疲劳、不快、生活的艰辛、工资的微薄,而把她全部的热情倾注于那令她着迷的配音事业之中。妈妈非常用功,甚至超过一个面临高考的高三女生的用功程度。她随身总带着一本新华字典,在阅读剧本时不放过每一个她读不准的字,边看边查字典,然后记在笔记本上。妈妈就是通过这样长年的积累才达到了她今天所拥有的成就。听说妈妈高中毕业初进译制厂时,大热天在闷热的录音棚内学习、做笔记,一头扎进去把什么都忘了,一时汗如雨下,脚下的地上常常积下一摊汗水。在近三十年的工作中,她为近千部影视剧配音,塑造出了一个又一个完美的声音形象。

妈妈选择了事业作为自己的侧重点,却又挚爱着家庭,一有空就扑在家务和我们身上。她常常抽空上菜场,深夜下班后还常一声不吭地洗净大盆的脏衣服。很难有充分的休息,更别提"娱乐"了。我上小学时妈妈总是与学校老师联系,可从中学到大学的家长会基本由爸爸参加了。从我懂事开始,和"锅碗瓢盆买汰烧"七个字联系着的主要是我爸爸——一个歌剧院乐团的小提琴演奏员;他是妈妈事业的理解者,他放弃了自己事业发展的机会,毅然挑起了家庭的重担,成了"马大嫂"。父母常在一起探讨、争论各自艺术上的观点,讲到激动处甚至面红耳赤,但是他们达到了一种"和谐"。

一提到我现在的专业,人家总会说:"艺术家族的熏陶嘛。”以前我从没发现自身有什么艺术细胞。父母常教我一些文艺方面的知识，但他们并没有要培养我搞艺术。在中学老师几次敦促后，我才在中学各种演出中数次登台，并屡屡获奖。考入高等艺术学府开始专业学习后，我才逐渐发现家庭的教育和熏陶所起的作用。小时候，妈妈总是一有空就给我讲故事、唱歌。那年月，几乎没有儿歌。妈妈搜索枯肠教我唱一些她幼时唱过、而又没有“毒草”之嫌的歌曲，如《卖报歌》等。到我稍大些，妈妈常带我到上译厂看她和同事们工作，我还参加了一些影视片的配音。从五岁起，我曾随爸爸学了几年小提琴，这对以后我在音乐方面的素质培养起了很大作用。妈妈还经常指导我阅读一系列中外名著并讲解某些疑难章节。由于繁忙的工作造成的长期超负荷运行，在以自己细腻丰富的感情赋予每一个角色之后，她的身体很虚弱，脾气有时也有些急躁。可妈妈却时时想到她作为母亲的责任，她时常关心我的学业，为我的成功而高兴，为我的失误而焦急。1986年我高中毕业考取了上海戏剧学院导演系电影导演专业，妈妈几乎在我每次回家时都要抽时间跟我谈话，以自己的经验教育我“认认真真做人，勤勤恳恳学习”，并尽可能为我讲一些有关电影后期制作的知识，告诉我前人的失败得失。父母的教育使我懂得了“人不应是流星而当为恒星，人不应虚度此生，应当有自己的事业和追求，应当为社会留下些什么。处世要正直，要对得起自己的良心”。这些都将成为我生活和艺术道路上的座右铭。

就在我二十岁生日来临前几天的晚上，我正在灯下写作，忽然觉得背后有谁在盯着我看，我刚想转身，身后传来了妈妈的声音："时间过得真快，儿子已经二十岁了。"此时我虽不能完全体会到母亲的感慨，但我却能感受到母亲的情感。是啊，二十年了……

我出生在"文革"初的动乱中，当时我们的家庭跟千千万万个家庭一样受到了冲击；妈妈由于体弱，卧床七个月才保下了我。其间爸爸由于谈了一些观点，被逼外出躲避。家里常有所谓"革命派"前来，逼妈妈交出爸爸。时过境迁，妈妈还常以此教导我要珍惜现在的机会。乍一听似乎没有联系，但深思起来确实感到人生之不易。从小学起，只要一有机会，妈妈就检查我作业，为了一些小错误往往叫我全盘返工，我当时总以为很委屈，是小题大做，但到现在我才真正领悟了"创作严谨"这一含义。

我站在上海电影制片厂四号棚内，心中升起了一阵感慨：二十年前，妈妈就是站在这里观看"批判影片"《清宫外史》时，突然昏倒在地，从而宣告了我即将降临人世；二十年后的今天，我作为一名实习助理导演站在这里，这难道是一个戏剧性的巧合吗？直到今天，我再次拿起笔杆的时候，才真正理解了妈妈。她是一个合格的艺术家，一个称职的母亲。

潘争：《上海戏剧》1988 年第 2 期

刘广宁主要配音年表

外国电影译制片

1960 年

《科德雷的酋长》(苏联)

《第一课》(保加利亚)

《生日》(苏联)

1962 年

《五天五夜》(民主德国)

《记忆中的街道》(罗马尼亚)

《阿尔及利亚姑娘》(埃及)

《压路机和小提琴》(苏联)

《革命的故事》(古巴)

《带阁楼的房子》(苏联)

《姑娘们》(内参,苏联)

《兽王》(民主德国)

1963 年

《洋葱头历险记》(苏联)

《人和兽》(上下集,内参,苏联)

《谁的力量大》(苏联)

《皇帝的恩惠》(保加利亚)

《抗暴记》(内参,英国)

《罪恶之家》(英国)

《黑帆》(民主德国)

《末日的罪行》(内参,联邦德国)

《中锋在黎明前死去》(阿根廷)

《勇敢的胡安娜》(墨西哥)

1964 年

《断桥》(内参,波兰)

《蚀》（原名《黄道十二宫》，内参，墨西哥）
《我们的土地》（阿尔巴尼亚）
《魔盒》（内参，英国）

1965 年

《沾满泥土的手》（印度尼西亚）

1967 年

《广阔的地平线》（阿尔巴尼亚）

1969 年

《宁死不屈》（阿尔巴尼亚）

1970 年

《舞宫莺燕》（内参，美国）
《红与黑》（内参，法国）
《漂亮的朋友》（内参，法国）

1971 年

《湖畔》（内参，苏联）
《第八个是铜像》（阿尔巴尼亚）

1972 年

《解放》（原名《欧洲的解放》，五集，内参，苏联）
《冷酷的心》（墨西哥）
《回故乡之路》（朝鲜）
《切·格瓦拉》（意大利）

1973 年

《战争和人》（三集，日本）

1975 年

《怒火情焰》（内参，美国）
《战争的道路》（阿尔巴尼亚）
《义侠佐罗》（内参，西班牙）
《鸳梦重温》（内参，美国）
《鸽子号》（内参，美国）
《红袖倾城》（内参，美国）
《孤星泪》（内参，美国）
《魂断蓝桥》（美国）
《鹿苑长春》（美国）
《化身博士》（内参，美国）

1976 年

《基督山伯爵》（上下集，法国）
《梅亚林》（内参，法国）
《青春恋》（内参，美国）
《碧云天》（内参，美国）
《音乐之声》（美国）
《生死恋》（日本）
《奋斗》（内参，美国）
《美凤夺鸾》（内参，美国）

1977 年

《叶塞尼亚》（墨西哥）

《福布什先生和企鹅》（英国）

1978 年

《扎根大地》（朝鲜）

《悲惨世界》（联邦德国、意大利、法国）

《孤星血泪》（英国）

《华丽家族》（日本）

《尼罗河上的惨案》（英国）

《望乡》（日本）

《狐狸的故事》（日本）

《吟公主》（日本）

《红衣主教》（内参，美国）

1979 年

《城市之光》（美国）

《凡尔杜先生》（美国）

《大独裁者》（美国）

《水晶鞋与玫瑰花》（英国）

《龙子太郎》（日本）

《苦海余生》（英国）

《佐罗》（法国）

《光阴》（罗马尼亚）

《恶梦》（美国）

《绝唱》（日本）

《插曲》（内参，美国）

《砂器》（日本）

《金环蚀》（日本）

1980 年

《大篷车》（印度）

《古堡幽灵》（联邦德国）

《新天方夜谭》（英国）

《征服黑暗的人》（埃及）

《啊，野麦岭》（日本）

1981 年

《父子情深》（意大利）

《天鹅湖》（动画，日本）

《甜蜜的竞赛》（罗马尼亚）

《十四个冬春》（朝鲜）

《检察员的起诉》（朝鲜）

《沼泽地里的阳光》（土耳其）

1982 年

《苔丝》（英国）

《阳光下的罪恶》（英国）

《啊，野麦岭——新绿篇》（续集，日本）

《火红的第五乐章》（日本）

《人世间》（巴基斯坦）

《山的儿子》（罗马尼亚）

《汤姆叔叔的小屋》（联邦德

国、意大利、南斯拉夫）
《女仆》（菲律宾）

1983 年

《情暖童心》（美国）
《雪地英雄》（英国）
《海岛探宝》（墨西哥）
《不朽的情侣》（法国）
《中学生圆舞曲》（内参，苏联）
《海峡》（日本）
《铁面人》（英国）

1984 年

《熊猫的故事》（日本、中国）
《白玫瑰在行动》（联邦德国）
《死亡陷阱》（法国、意大利）
《张开幻想的翅膀》（墨西哥）
《创奇者》（美国）
《温柔的怜悯》（美国）
《兆治的酒馆》（日本）
《迷人之星》（苏联）

1985 年

《黑郁金香》（法国）
《我们的肤色》（墨西哥）
《难忘的假日》（联邦德国、日本）
《不能没有你》（巴基斯坦）
《纯洁》（巴基斯坦）
《海誓山盟》（印度）
《德克萨斯州的巴黎》（英国）
《温莎行动计划》（美国）

1986 年

《大轮号和水手号》（英国）
《机组乘务员》（苏联）
《少年擒寇记》（英国）
《第七个目标》（法国）
《斯巴达克思》（美国）
《罗特的女儿》（民主德国）
《报警记》（英国）
《姊妹坡》（日本）
《寅次郎的故事·柴又的爱》（日本）
《换房》（古巴）
《印度之行》（英国）
《谋杀》（叙利亚）

1987 年

《来历不明的日记》（民主德国）
《海魔》（西班牙）
《珠宝奇案》（匈牙利）
《圣诞老人》（美国）

《古宅之谜》(西班牙)
《黑狼的嚎叫》(联邦德国)
《超人》(第二部,美国)
《幻想的日子》(阿根廷)
《首都消失》(日本)
《伊豆舞女》(日本)
《片山刑警在海岛》(日本)
《乱世冤家》(法国、意大利)
《没有陪嫁的新娘》(苏联)
《舐犊情深》(奥地利)

1988 年

《山鲁佐德的又一夜》(苏联)
《奥林传奇》(美国)
《春天交响曲》(德国)
《制止战争的狗》(加拿大)
《无头骑士》(苏联)

1989 年

《八十年代灰姑娘》(意大利、法国)
《天网恢恢》(巴基斯坦)
《电影悲欢曲》(苏联)
《无冕之王约翰·施特劳斯》(奥地利)
《随心所欲》(法国)
《镜子》(巴基斯坦)
《片山刑警在山城》(日本)
《碧海情》(法国)

1990 年

《地狱猎手》(美国)
《义警神威》(印度)
《喜结冤亲家》(古巴)
《萨拉热窝谋杀事件》(南斯拉夫、捷克斯洛伐克)
《忠诚的心》(波兰)
《梦游外星》(捷克斯洛伐克)
《片山刑警在果园》(又名《刑警情仇》,日本)
《片山刑警在酒吧》(日本)
《达夫妮和女儿的朋友》(加拿大)
《黄金犬》(日本)
《追寻铁证》(立体声,英国)
《血洗鳄鱼仇》(印度)
《歌女坎坷》(墨西哥)
《炽热的爱情》(南斯拉夫)

外国电视剧译制片

《白衣少女》
《天使的愤怒》
《安娜·卡列尼娜》
《三口之家》

《破镜重圆》

《家》(美国演员版)

《亚瑟王》

《鸽子号》(电视版)

《烟花女盛衰记》

《加里森敢死队》

国产片(电影、电视剧)

《天云山传奇》

《沙鸥》

《胭脂》

《小城春秋》

《夜上海》

《少林小子》

《何处不风流》

《木棉袈裟》

《天山行》

《珊瑚岛上的死光》

《雪山泪》

《熊猫》

《飞燕曲》

《翡翠麻将》

《虾球》

《母亲湖》

《杨贵妃》

《两姐妹》

《红娘子》

《孔雀公主》(美术片)

《大闹天宫》(美术片)

此外,还参加电视台、电影资料馆多部译制片配音及国产电视剧配音及旁白、解说。录制多部各地电台的广播文艺作品,曾获上海白玉兰奖。录制各类有声读物盒带、光碟数十套,其中有外国抒情诗朗诵及幼儿故事个人朗诵专辑。

刘广宁配音片段

1. 《第一课》(维列塔)保加利亚
2. 《大闹天宫》(大仙女)国产动画片
3. 《生死恋》(夏子)日本
4. 《绝唱》(小雪)日本
5. 《叶塞尼亚》(路易莎)墨西哥
6. 《冷酷的心》(莫尼卡)墨西哥
7. 《魂断蓝桥》(玛拉)美国
8. 《望乡》(青年阿崎)日本
9. 《父子情深》(卢卡)意大利
10. 《鹿苑长春》(裘迪)美国
11. 《孤星血泪》(埃丝黛拉)英国
12. 《悲惨世界》(芳汀)联邦德国、意大利、法国
13. 《苔丝》(苔丝)英国
14. 《大篷车》(妮莎)印度
15. 《黑郁金香》(卡洛阿娜)法国
16. 《尼罗河上的惨案》(杰基)英国

17.《温莎行动计划》(汉娜)美国

18.《没有陪嫁的新娘》(拉丽莎)苏联

19.《迷人之星》(波丽娜)苏联

后记

刘广宁

拜读了几位老同事、老朋友出版的书，有感于他们的才华与文采，可是以前我自己却从未有出书这个念头。虽于早年应约发表过一些译制片配音工作体会的文稿，可却从未主动投稿，更遑论出书了。

近年在各种场合都能深深感受到热爱译制片配音的朋友们长期以来对我们不离不弃的关怀、支持，这促使我回忆起上译厂那些老人、老事、老影片（剧）。重温这些，当年情景又浮现眼前。从记忆的直觉出发，我写下了这点点滴滴当年工作、生活的片段。这期间又整理出了尚保存着的一些旧文，这都是在当年工作过程中感受最鲜明的时候留下的。现在重读的感觉就像是一个小学生长大后再复习自己儿时的功课作业，心中有强烈的撞击。

我没有别的能耐，也不养宠物、花草，不打牌，最热爱、最能吸引我的就是幕后的录音。近年来朋友们盛情邀约我参与了一些我所喜爱、力所能及的语言表演活动，从事这些活动的借鉴无不来自配音艺术给我的积淀、启迪。

感谢朋友们一再的建议、鼓励，并给予真诚的引领、帮助。

我才能鼓起勇气，下决心把这些新稿旧文汇集成册，由生活·读书·新知三联书店出版。这是对一直关心、支持我的朋友们的诚挚回报，也借此表达对译制片前辈配音艺术家的深深怀念之情。与大家分享，并请大家指教。

2016 年 10 月于上海